유에이 고교 1-A
임간합숙

MY HERO ACADEMIA
U.A.REPORT 2nd
This looks like a job for DEKU!

MY HERO ACADEMIA
나의 히어로 아카데미아
유에이 백서

II

임간합숙 : 이면

Kohei Horikoshi　Anri Yoshi

유에이 고교 학생명단

히어로과 : 1학년 A반

이이다 텐야

생일 : 8월 22일

개성 : 엔진

토도로키 쇼토

생일 : 1월 11일

개성 : 반랭반열

바쿠고 카츠키

생일 : 4월 20일

개성 : 폭파

미도리야 이즈쿠

생일 : 7월 15일

개성 : 원 포 올

야오요로즈 모모

생일 : 9월 23일

개성 : 창조

우라라카 오챠코

생일 : 12월 27일

개성 : 제로 그래비티

미네타 미노루

생일 : 10월 8일

개성 : 뚝뚝

토코야미 후미카게

생일 : 10월 30일

개성 : 다크 섀도

오지로 마시라오

생일 : 5월 28일

개성 : 꼬리

아시도 미나

생일 : 7월 30일

개성 : 산(酸)

아오야마 유가

생일 : 5월 30일

개성 : 네빌 레이저

아스이 츠유

생일 : 2월 12일

개성 : 개구리

사토 리키도

생일 : 6월 19일

개성 : 슈가 도프

코다 코지

생일 : 2월 1일

개성 : 생물 조종

키리시마 에이지로

생일 : 10월 16일

개성 : 경화(硬化)

카미나리 덴키

생일 : 6월 29일

개성 : 대전(帶電)

CHARACTER

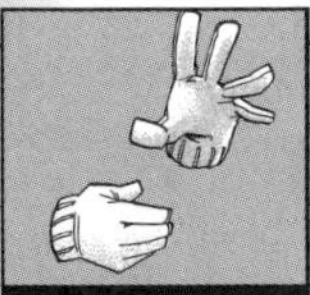

하가쿠레 토오루

생일 : 6월 16일

개성 : 투명화

세로 한타

생일 : 7월 28일

개성 : 테이프

지로 쿄카

생일 : 8월 1일

개성 : 이어폰 잭

쇼지 메조

생일 : 2월 15일

개성 : 복제팔

히어로과 : 1학년 B반

코다이 유이

생일 : 12월 29일

개성 : 사이즈

야나기 레이코

생일 : 2월 11일

개성 : 폴터가이스트

시오자키 이바라

생일 : 9월 8일

개성 : 넝쿨

켄도 이츠카

생일 : 9월 9일

개성 : 큰 주먹

쇼다 니렌게키

생일 : 2월 2일

개성 : 트윈 임팩트

호네누키 쥬조

생일 : 6월 20일

개성 : 유화(柔化)

테츠테츠 테츠테츠

생일 : 10월 16일

개성 : 스틸

모노마 네이토

생일 : 5월 13일

개성 : 카피

STORY 스토리

'개성'이라 불리는 특이체질을 가진 초인들. 어떤 이는 평화를 위해, 또 어떤 이는 범죄를 저지르기 위해 각자 자신의 '개성'을 이용하는 초인사회가 되었다. 그 가운데, '무개성' 소년 미도리야 이즈쿠는 히어로 양성학교 '유에이 고교'에 입학해, 프로 히어로를 향해 가는 계단을 뛰어올라가고 있었다! 이 소설은 본편에선 밝혀지지 않은 '유에이 고교'의 어떤 '일상'을 그린 이야기다.

MY HERO ACADEMIA
나의 히어로 아카데미아
유에이 백서
II

임간합숙 : 이면

CONTENTS

Part. 1

각자의 스터디

아주 쾌청한 6월 마지막 일요일. 눈앞에 닥친 더위를 예감케 하는, 외출하기에 딱 좋은 상쾌한 날이었다.

그러나 미도리야 이즈쿠는 그런 날씨가 펼쳐져 있는 창밖은 쳐다보지도 않고, 자기 방 책상에 달라붙어 있었다. 기말고사 때문이다. 비록 천하에 이름을 날리는 유에이 고교 히어로과지만, 학생인 이상 그 본분은 공부인 것이다. 평범한 학생들처럼 평범하게 시험공부도 한다.

그러나 평범하지 않은 부분이 딱 한 가지 있다. 바로 왼손이다.

오른손은 수학 문제를 풀고 있으나, 왼손은 악력기를 꽉 쥐고 있었다. 머리로 어려운 수식을 풀고 있는 동안에도, 왼손은 끊임없이 계속 움직인다.

1년 전에는 힘들었다.

동경하는 올마이트를 만나 '개성'을 물려받기 위해, 빈약했던 몸을 단련하고 또 단련했다. 해안을 청소하면서, 유에이 고교의 수험공부를 맹렬히 이어나갔다. 처음에는 오른손과 왼손으로 각각 다른 일을 하면 좀처럼 집중할 수 없었으나, 그래도 계속하다 보니 차츰 익숙해졌다. 오버워크로 쓰러진 경험 따원, 이제 우스갯소리로 할 정도다.

누군가를 구하기 위해선 힘이 필요하기 때문이다.

"휴우."

스스로 정한 범위를 마치고, 이즈쿠는 한숨을 한 번 내쉬며 고개를 들고 방안에 붙어 있는 올마이트의 포스터를 바라보았다. 왼손도 일단 휴식이다.

포스터 속의 올마이트는 근골이 우람한 몸으로 씨익 웃고 있었다.

동경심. 안도. 기합. 고양감.

올마이트는 이즈쿠의 의욕을 간헐천처럼 끌어낸다. 동경하는 히어로가 되기 위한, 결코 바닥날 일 없는 에너지다.

"…오케이, 열심히 하자!"

이즈쿠는 교과서 페이지를 넘겼다. 일반 과목의 성적은 반에서도 상위권인 편이라, 그렇게까지 불안하진 않다. 그러나 이번에는 무슨 일이 있어도 합격점을 받지 않으면 안 된다.

왜냐하면 낙제점을 받은 사람은 임간합숙에 갈 수 없기 때문이다.

"…카미나리네는 괜찮을까…?"

문제 풀기에 착수하려던 이즈쿠는, 일순 걱정스러운 듯 얼굴을 찡그렸다. 낙제점의 페널티를 안 후, 반 친구들이 절망하던 모습이 떠올랐기 때문이다.

그러고 보니 야오요로즈에게 공부를 배우겠다고 했지? …우수한 야오요로즈가 가르쳐준다면 틀림없이 괜찮을 것이다.

이즈쿠는 야오요로즈의 야무진 얼굴을 떠올리며, 또 다시 책상을 향해 돌아앉았다.

반 친구들 모두 함께, 임간합숙에 갈 수 있기를 바라면서.

한편 그 무렵, 지로 쿄카는 이즈쿠가 걱정하고 있던 카미나리 덴키 일행과 함께 야오요로즈네 집 앞에 와있었다.

"어? 여기…?"

"농담이지…? 어딘가의 대사관 아냐…??"

망연자실해 중얼거리는 카미나리와 세로 한타 옆에서, 오지로 마시라오가 스마트폰으로 지도를 확인하며 말했다.

"아냐, 주소는 여기가 맞아…."

"초~호화 저택!!!"

아시도 미나가 간소하게, 그리고 솔직하게 감탄했다.

다섯 명 앞에 우뚝 서있는 것은 대문. 고개를 뒤로 확 젖혀야 될 정도의 높이와 호화로운 구조를 가지고 있었다. 문과 연결되어 있는 담장도 마찬가지로 높은 데다, 영원히 쭉 펼쳐져 있는 것은 아닌가 싶을 정도로 끝이 없었다.

가장 가까운 역에서 만나기로 약속하고 찾아온 이 다섯 명도, 엄청나게 끊임없이 이어지는 담장이 야오요로즈의 집으로 가는 길목에 나타나자 처음에는 무슨 건물인가 하고 흥미가 생겼을 정도다. 그런데 그것이 목적지에 다가가도 전혀 끝나지 않아, 지로 일행은 슬금슬금 불길한 예감을 느끼며 걸어온 것이다. 카미나리와 아시도는 꼭 그런 것만은 아니고, 즐겁게 대화하며 걸어왔지만.

아무튼 담장과 대문만으로도 압도당하기에 충분했다. 만약 이곳이 어떤 나라의 대사관이고 지로 일행이 다른 나라의 스파이였다면, "오늘은 일단 그만둘까?"라며 발길을 돌리고 대책을 짜야만 하는 상황이었을 것이다.

아니, 스파이가 아니더라도 "오늘은 일단 그만둘까?"라며 지금 당장 발길을 돌리고 싶을 정도라고 지로는 생각했다.

부잣집 아가씨인 줄은 알고 있었지만 설마 이 정도일 줄이야.

인간이란 예상을 초월하는 사태 앞에서는 자세가 엉거주춤해지는 법.

지로의 눈썹이 불안한 듯 찡그려진 그 순간, 눈앞의 문이 열렸다. 대문 규모에 비해 부드럽게 열리는 것을 보면, 손질이 잘 되어 있다는 것을 알 수 있었다.

"지로 님, 아시도 님, 카미나리 님, 세로 님, 오지로 님이시죠?"

열린 대문 앞에는 예복을 차려입은, 약간 덩치가 작은 노인이 서 있었다. 70대 초반 정도일까? 부드러운 표정에 백발이 성성. 그러나 등을 곧게 쭉 펴고 있어, 정정하다는 인상을 주었다.

"아, 네."

평소 연장자에게 님 자를 붙여서 불러볼 일이 없는 다섯 명은 황급히 대답했다. 그것에 답하듯이, 노인은 주름을 깊이 새기며 기품 있게 미소 지었다.

"잘 오셨습니다. 전 야오요로즈 가의 집사인 우치무라라고 합니다. 모모 아가씨께서 몹시 기다리고 계십니다. 자, 이리로 오시죠."

"아, 네에."

다섯 명은 어색하게 우치무라의 뒤를 따라갔다.

"집사! 정말로 있구나, 집사가!"

"집사가 있는 걸 보면, 혹시 메이드도 있는 거 아냐?!"

아시도의 작지만 미처 흥분을 억누르지 못한 말에 카미나리도 작은 목소리로 동의했다. 지로가 "야, 좀…!" 하고 두 사람을 훈계하려던 그때.

"네, 있습니다."

집사는 두 사람의 대화에 생긋 웃으며 대답했다. 두 사람의 버르장머리 없는 대화에도 마음이 상하지 않은 모양이다. 하기야 이토록 큰 집안의 집사 정도씩 되면, 웬만한 일로는 평정심을 잃지 않겠지.

숲인가? 싶을 정도로 아름답게 손질된, 광대한 정원을 빠져나간 곳에 나타난 집을 보고 지로 일행은 또 다시 압도당했다. 대사관 정도가 아니라 아예 성이었다. 다시 한번 대문 밖으로 돌아가서, 이곳이 일본인가 확인하고 싶어질 만큼 훌륭한 서양 건축물이 위풍당당하게 지어져 있었다.

"어서 오세요."

그리고 안내받은 현관홀에서 지로 일행을 기다리고 있던 것은 다수의 메이드였다. 지로 일행이 뭐라고 인사해야 될지 망설이고 있는 사이, 홀 안쪽에서 종종걸음으로 달려오는 여성이 한 명 있었다.

"어머어머, 어서 오세요…! 항상 우리 모모가 신세지고 있죠…? 모모의 엄마랍니다."

"앗, 안녕하세요."

야오요로즈를 어른으로 만들고 유하게 바꿔놓은 듯한 인상의 얼굴이 다섯 명 앞에서 방실방실 웃고 있었다.

“이렇게 친구 분들이 많이 오시다니, 너무 기쁘네요. …어머나, 당신은.”

“네?”

지로는 자신도 모르게 자기 옷을 쳐다보았다. 야오요로즈 모친의 시선이 자신의 옷에 뚫어져라 쏟아졌기 때문이다.

제 손으로 네크라인을 크게 도려내 커스터마이즈한, 어깨가 드러난 티셔츠. 거기에 가죽바지, 그리고 손목에는 가죽에 징이 박힌 팔찌. 지로로서는 얌전한 의상 선정이었다.

‘…뭔가 이상한가?’

부드러운 커브를 그리고 있던 야오요로즈 모친의 눈썹이 약간 찌푸려진 것 같은 기분이 들었다. 그러나 그것은 곧 얼버무리는 듯한 미소에 사라져버렸다.

“앗, 우리 모모는 지금 강당에서 준비하고 있어요. 바로 안내해드리죠.”

“그럼….”

“됐어요, 할아범. 내가 할게.”

야오요로즈 모친은 집사에게 그렇게 말하고서, “이쪽으로 오세요”라며 다섯 명을 안내하듯이 집 안쪽으로 나아가기 시작했다. 다섯 명은 느린 발걸음으로 따라가면서 집안을 찬찬히 둘러보았다.

꽃과 식물이 그려진 벽지에 대리석 바닥. 복도 벽에는 어디선가 본 적 있는 그림과 도자기들이 장식되어 있었고.

"베르사유 궁전이다…. 가본 적은 없지만."

"그러게…. 가본 적은 없지만."

"동감이야…."

아연실색해 중얼거리는 카미나리 일행에게 지로도 내심 동의하던 그때, 아시도가 감탄한 듯이 말했다.

"여기가 야오모모네 집이구나—. 그러니 부잣집 아가씨 티가 날 수밖에!"

"야오모모?"

아시도의 말에 야오요로즈 모친이 돌아보았다. 지로는 황급히 입을 열었다.

"앗, 야오모모는 야오모모의 …가 아니라, 어어~. 모모의 별명이라고나 할까요?"

"어머나, 우리 모모는 별명으로 불리고 있구나! 야오모모…, 야마모모[양매] 같아 귀엽네요. 나한테도 별명을 붙여줬으면 싶을 정도로."

"그럼 야오모모의 엄마니까 야오마마로!"

"그게 내 별명? 어머나, 기뻐라. 그럼 야오마마라고 불러주지 않을래요?"

"야오마마—!"

"네에—."

천진난만한 아시도의 제안에, 말 그대로 기쁜 듯이 웃는 야오요로즈 모친의 미소는 진심에서 우러난 것처럼 보였다. 그러나 지로에겐 아까 그 야오요로즈 모친의 시선이 목구멍에 걸린 가시처럼 남아 있었다.

혹시 이런 옷은 싫어하시는 걸까? 하지만 다른 애들과 그렇게 많이 다르진 않은 것 같은데….

"왜 그래? 계속 아래만 쳐다보고."

카미나리가 말을 걸어오자 지로는 고개를 들었다. 머리는 나쁘면서 이따금 예리하다.

"…시끄러. 그냥 예쁜 복도라고 생각한 것뿐이야."

"아~, 그렇지? 여름 같은 때, 여기서 떼굴떼굴 굴러보고 싶어. 시원할 것 같아."

"구르고 싶지는 않아."

"앗, 뭐야—."

태평한 카미나리의 얼굴에 지로는 작은 한숨을 하아, 내쉬었다.

옷차림을 신경 써봤자 별 소용도 없다. 오늘은 공부를 배우러 온 거니까.

"네가 제일 열심히 해야 되는 것 알지? 누가 뭐래도 우리 반 최하위니까."

"…말하지 마, 말하지 마. 끝까지 말하지 마. 모든 건 야오요로즈 선생님께 달려있으니까."

"야오모모에게 모든 걸 맡기지 마."

"그러니까 끝까지 말하지 말랬잖아—."

그로부터 얼마 후, 다섯 명은 드디어 강당에 도착했다. 강당이라고 불릴 만큼 역시나 넓다. 그 한구석에 기다란 테이블과 의자가 준비되어 있었다.

"모모, 친구들 데려왔다."

"여러분, 미안해요. 마중도 못 나가서…. 좀 전까지 어떤 참고서가 좋을지 고민하고 있었거든요."

강당에서 기다리고 있던 야오요로즈는 안경을 낀 선생님 같은 모습이었다. 상기된 뺨과 반짝반짝 빛나는 눈이, 오늘만 손꼽아 기다렸다는 사실을 말해주고 있었다.

"그럼 난 이만…. 나중에 차 가져올게요. 모모, 잘 가르쳐드리렴."

"네, 어머니."

문을 닫고 야오요로즈 모친이 나가자 지로는 아무도 모르게 휴우, 하고 안도했다. 의욕 넘치는 야오요로즈 앞에서, 그런 자신이 약간 켕기는 듯한 기분이 들었다. 그런 지로의 모습은 알아보지 못하고, 야오요로즈는 콧김을 거칠게 내쉬며 모두에게 말을 걸었다.

"자, 앉으세요. 바로 공부를 시작합시다!"

"그래―!"

"잘 부탁해."

"너만 믿는다, 야오요로즈 선생님!"

"선생님 어깨에 내 임간합숙이 달려있어…!"

"그러니까 맡기지 말라고."

야오요로즈는 모두의 기대에 감동받아, 바르르 떨며 또랑또랑하게 대답했다.

"맡겨만 주세요! 반드시 여러분께 도움이 되어드릴 테니까…!"

이리하여 스터디는 시작되었다.

그 무렵, 어떤 도서관에선 또 다른 스터디가 시작되려 하고 있었다.

"잘 부탁한다, 바쿠고!"

"시끄러, 이 등신 같은 머리털아!"

햇살 좋은 창가 자리에서 키리시마 에이지로와 바쿠고 카츠키가 그렇게 말하자, 책을 읽고 있던 주위 어른들과 아이들로부터 시선이 쏟아졌다. 조용히 해달라는 시선이다.

"죄송합니다!"

키리시마가 황급히 주위에 사과했으나 그 목소리조차 커서, 웬 할아버지로부터 "위세가 등등하구만"이라며 쓴웃음을 사고 말았다. 오늘은 일요일. 어린이를 동반한 가족부터 자료를 조사하러 온 학생과 노인까지, 제법 혼잡한 상태였다.

어째서 이 두 사람이 스터디를 하게 되었느냐 하면, 거기엔 야오요로즈가 관련되어 있다.

일반 과목 성적은 야오요로즈가 반에서 1등이고 바쿠고가 3등. 키리시마는 카미나리 일행이 야오요로즈에게 가르침을 구하는 모습을 보고, "이 인덕의 차이를 봐라"라며 바쿠고를 놀려댔다. 그러자 바쿠고가 "나도 있거든? 너, 내가 공부로 죽여줄까?!"라며 대답했고, 그걸 키리시마가 진담으로 받아들인 것이다. 참고로 키리시마는 15등이다.

"저기, 집에서 하면 안 됐던 거냐?"

기본적으로 목청이 큰 키리시마가 목소리를 죽여 가며 물었다.

"미쳤다고 너희 집까지 가냐? 귀찮게 말이야."

바쿠고가 딱히 신경 쓰지도 않고, 평소와 같은 목소리로 대답했다.

"그럼 너희 집에서라도."

"우리 집 아줌마, 잔소리가 심하다고. 쳇, 후딱후딱 끝내버리자."

"응! …아, 죄송합니다…."

주위 시선이 또 다시 모여들자, 키리시마는 작게 움츠러들었다. 도서관이라는 곳은 소음과 동 떨어져 있지 않으면 안 되는 곳이다. 그래서 이곳과는 옛날부터 별로 인연이 없었다.

그러나 공부는 배우지 않으면 안 된다. 그렇지 않으면 임간합숙에 갈 수 없게 되기 때문이다.

"일일이 사과하지 마. 너 바보냐? 아, 바보지?"

"바보 아니거든? 바보는 아니지만, 너보다는 바보라 배우는 거라고."

"딱 한 번밖에 안 가르쳐줄 거니까 빨리 하자."

"응! …아."

"됐으니까 얼른 문제나 보여줘."

"그럼 우선… 이것부터."

주위의 시선을 신경 쓰면서 키리시마는 가져온 교과서를 펼쳐, 풀다가 막힌 문제를 손가락으로 가리켰다. 2차 함수의 응용이다.

"말도 마~. 수학은 완전 젬병이라."

"이딴 건 간단하지…."

바쿠고는 그렇게 말하더니, 잠시 생각한 뒤 정답을 술술 적기 시작했다.

"이거야."

키리시마의 눈이 순간 점으로 변했다가, 이내 쓴웃음을 지었다.

"아니, 정답이 아니라 답을 내놓는 방법을 가르쳐 달라고."

"답이야 그냥 곧이곧대로 계산하면 나오는 거잖아. 너, 바보냐?"

"아니, 그러니까 그 곧이곧대로가 뭔지 잘 모르겠다고."

"뭐? 수학이야 그냥 곧이곧대로 계산하는 것뿐이잖아."

"아니아니, 그러니까 계산의 요령 같은 걸 가르쳐달라고."

"그러니까 이 공식에 적용해서 푸는 거라고."

"그런 뜻이 아니라, 그걸 좀 더 알기 쉽게…."

"그러니까 그냥 곧이곧대로 곱하거나 더하면 되는 거잖아."

이놈이 지금 무슨 소리를 하는 거냐는 듯이 키리시마를 쏘아보는, 바쿠고는 지극히 진지했다.

'—이럴 수가.'

키리시마는 머리를 끌어안았다. 바쿠고는 기본적으로 머리가 좋다. 대부분의 것들은 그냥 딱 보고 뭐든지 바로 이해해버린다. 말하자면 공부 때문에 고생하지 않는 것이다. 고생하지 않는다는 것은 곧, 모른다는 것 자체가 뭔지 모른다는 뜻이다.

"여길 딱 계산한 다음에, 이쪽을 빡 계산하면 되잖아."

그래도 딴에는 열심히 가르쳐주려 하고 있는 것이다. 바쿠고의 심히 조잡한 어드바이스에 키리시마는 눈물을 꾹 참으며 엄지를 번쩍 들어올렸다.

"가르치는 방식이 정말 남자다워…."

"아앙?"

눈살을 찌푸리고 있던 바쿠고는 키리시마의 태도를 보고, 미간의 주름이 더욱 깊어졌다.

"너 설마… 구구단을 가르쳐달라는 소린 아니겠지…?"

"구구단 정도는 알아!!"

쉬—잇. 주위 사람들이 검지를 입 앞에 대고 조용히 해 달라고 촉구했다. 자신도 모르게 오늘 낸 목소리 중 가장 큰 소리를 내고 창피한 듯 얼굴이 빨개진 키리시마를 보며, 바쿠고는

자연 과학
수학
물리학
MY HERO ACADEMIA
나의 히어로 아카데미아

유쾌한 듯 웃었다.

"하! 쪽팔리구만."

"네가 구구단 얘길 하는 바람에 이렇게 된 거잖아."

키리시마가 주위에 대고 벌써 몇 번째인지도 모를 "죄송합니다…"를 중얼거렸을 때, 그림책을 끌어안은 한 남자애가 다가왔다. 동그란 눈동자로 바쿠고를 빤—히 쳐다본다.

"아앙? 뭐야, 이 꼬맹이는."

"어? 혹시 미아니?"

키리시마가 걱정돼서 말을 걸자, 남자애는 "아니—"라며 고개를 흔들더니 바쿠고를 손가락으로 가리켰다.

"유에이 체육대회에서 우승했는데 꽁꽁 묶였던 형아지?"

"아앙?"

"왜 꽁꽁 묶였어? 시끄러워서? 도서관에서도 시끄럽게 떠들면 꽁꽁 묶이는 거야?"

유에이 체육대회 때, 감당할 수 없을 만큼 격분한 바쿠고는 우승했음에도 불구하고 표창대 위에 꽁꽁 구속되어 있었다. 바쿠고는 천진난만한 어린애의 지적을 듣고, 토도로키가 결승에서 최선을 다하지 않았기 때문에 자동적으로 굴러들어온 것이나 마찬가지인, 지극히 본의 아닌 우승을 떠올렸다. 그리고 결국 바쿠고의 인내할 줄 모르는 인내심이 파열되어버렸다.

"시끄러!! 이 빌어먹을 꼬맹아!!!!"

키리시마가 막을 새도 없이, 바쿠고의 노성이 도서관에 쩌렁쩌렁 울려 퍼졌다. 난생 처음으로 타인에게 호통을 들은 남자애의 눈이 글썽거리고 흔들리더니 얼굴마저 일그러졌다. 그리고 이번에는 광풍과 같은 울음소리가 울려 퍼졌다.

"죄, 죄송합니다—!!"

소음으로 가득 찬 도서관에서 키리시마는 황급히 도망치듯이 바쿠고를 끌고 나왔다.

키리시마의 임간합숙 참가가 위태로워지기 시작한 그 무렵, 지로는 막혔던 2차 함수 응용문제를 제대로 이해하게 되었다.

"그렇구나—. 이런 식으로 풀면 되는 거였네."

"네, 지로. 자칫 이쪽 함정에 걸려들 수도 있지만, 문제를 똑바로 보면 괜찮아요."

"역시 야오모모, 완전 이해하기 쉬워!"

"뭘, 그렇게까지—."

야오요로즈의 논리 정연한 설명은 무척 이해하기 쉬웠다. 지로가 솔직한 감상을 입에 올리자, 야오요로즈는 기쁜 듯이 뺨을 붉게 물들였다.

"야오모모 선생님! 이 영어는 어떻게 번역해야 돼—?"

"잠시만 기다려주세요, 아시도…. 아아, 여긴 말이죠…."

야오요로즈가 세운 공부 계획은 완벽해서, 각자의 학력 수준에 맞춘 문제까지 준비해주었다.

각자가 가진, 취약한 부분의 경향과 대책. 친절하고 정중해서 알아듣기 쉬운 설명 방식. 일부러 시간을 할애해서 자신들을 위해 준비해줬다고 생각하니, 처음에는 호화 저택이라는 환경에 좀처럼 적응하지 못했던 지로, 세로, 오지로도 야오요로즈의 가르침에 제대로 공부에 집중할 수 있게 되었다. 아시도도 임간합숙 때 담력 테스트를 할 거라며, 맹렬하게 집중하고 있었다.

"윽…. 머리가 파열될 것 같아~…."

그러나 딱 한 사람, 이미 한계에 달해버린 남자가 있었다. 바로 카미나리다. 체육대회며 직장 체험이며, 어지럽게 흘러가는 행사에 휩쓸려 공부는 전혀 하지 않은 대가가 지금 뇌에 쏟아지고 있었다.

"X와 Y가 이온 결합해서…, 조동사가 수메르인과 크라운 쇼크…."

"아, 이미 파열됐네."

카미나리의 왼쪽 옆에 앉은 지로가, 전기도 방출하지 않았는데 이미 거의 바보 얼굴로 변한 카미나리를 보며 그렇게 말하자, 오른쪽 옆에 앉은 세로가 카미나리를 격려했다.

"정신 차려! 임간합숙에 가야지!"

"그래, 아이자와 선생님도 그러셨잖아. 만약 낙제점을 받으면 임간합숙만 못 가는 게 아니라, 학교에서 보충 수업도 받아야 한다고."

"아아아아아아~…! 누가…, 누가 좀 내 머리랑 교환해줘!"

마찬가지로 그를 격려해주려 했던 오지로의 말에, 카미나리는 도리어 몰려오는 현실을 깨닫고 폭침했다. 그 모습에 오지로는 "왠지 미안…" 하고, 정말 미안한 듯 사과했다.

"카미나리…. 그럼 이제 슬슬 쉬도록 할까요? 사이사이 적당한 휴식을 취해야, 효율도 더 올라갈 테니까."

그렇게 말하고, 야오요로즈는 문밖을 향해 "할아범" 하고 불렀다. 그러자 바로 문이 열리며 집사가 들어왔다.

"차 좀 준비해줘요."

"네, 바로 준비하겠습니다."

'혹시 계속 대기하고 있었던 거야…??'

눈이 동그래진 지로 일행 앞으로, 이번에는 메이드들이 왜건에 차와 쿠키를 싣고 가져왔다. 척 보기에도 고급스러워 보이는 티세트가 스윽, 하며 준비되고 뜨거운 홍차가 잔에 가득 찼다. 뜨거운 김과 함께 화아, 하고 좋은 향이 피어올랐다. 휴식을 방해하지 않도록 배려한 것인지, 집사와 메이드들은 서빙을 마치고 조용히 강당을 떠났다.

"자. 여러분, 드세요."

야오요로즈의 목소리를 신호로 다들 일단 공부하던 손을 멈추고, 살며시 홍차에 입을 가져갔다.

"메이드가 끓여준 홍차…."

정성스럽게 끓여준 홍차의 비가 카미나리의 메마른 마음속 대지에 사르르 스며들었다.

"으음, 한숨 놓인다~."

헤엥~하고 힘을 쭉 빼는 아시도. 지로는 우아하게 홍차를 마시며 숨을 돌리는 야오요로즈에게 물었다.

"해로즈? 라고 했던가?"

"네, 공부할 때는 주로 이렇게 블렌딩 된 걸 즐겨 마셔요. 산지가 다른 각각의 플레이버가 복잡하고 떫은맛을 빚어내, 지친 뇌를 릴랙스 시켜주면서 리프레시 되는 것 같아서…."

"잘은 모르겠지만 맛있네."

"홍차는 평소에 거의 안 마시는데, 괜찮다—."

보아하니 세로와 오지로도 마음에 든 모양이다. 아시도는 홍차와 함께 나온 쿠키에 눈을 반짝였다. 갈색 쿠키다.

"이 쿠키도 맛있겠다~."

형태가 약간 일그러진 것 같기도 하지만, 다들 분명 어딘가의 고급 매장에서 주문해온 맛있는 물건인 게 틀림없다고 생각하면서 쿠키를 입에 던져 넣었다. 야오요로즈는 싱글벙글 웃으며 친구들이 먹는 모습을 지켜보고 있었다.

분명 깊고 풍부한 단 맛이 밀려올 것이다—라고 기대했던 혀가 우선 최초로 감지한 것은 복잡한 쓴맛이었다.

"……?"

다섯 명은 예기치 못한 맛에 고개를 갸웃거렸다. 그러나 미처 생각할 새도 없이, 그 다음에 밀려온 것은 강렬한 알싸함과 매운 맛. 그리고 짠 맛. 자극을 동반한 그것은 혀를, 입을, 목구멍을 얼얼하게 공격했다. 마지막으로 그것들 뒤에 숨어 있던 비린내가 콧구멍을 끈질기게 간질였다.

"큭…!!"

인간이 삼킬 수 있는 물건이 아니다. 본능이 그렇게 말하고 있었으나, 이 호화 저택이라는 환경이 자신의 혀를 의심하게 만들었다.

이런 게 상류층의 맛인가…? 라고.

"왜 그러세요? 여러분…."

야오요로즈는 토할 것 같은 것을 꾹 참기 위해 입을 틀어막고, 파랗게 질려 비지땀을 뻘뻘 흘리기 시작한 다섯 명의 모습을 감지했다. 다섯 명은 맛있는 홍차로 쿠키를 꿀꺽 내려 보냈다.

"혹시 입에 안 맞던가요…?"

"…아, 아니, 그건 아닌데…."

"상류층의 쿠키는 엄청나네…."

간신히 입을 연 오지로와 아시도를 보며, 야오요로즈는 머뭇머뭇 쿠키를 집어 입에 넣었다.

"——?!"

다음 순간, 야오요로즈의 얼굴이 충격으로 일그러졌다.

"잠깐… 실례 좀 할게요…."

입을 틀어막고 황급히 나가는 야오요로즈.

뒤에 남은 다섯 명은 발소리가 멀어진 다음에야 쿠키의 형편없는 맛에 몸서리쳤다.

"우앗~, 아직도 맛이 입 안에 남아 있어~!"

"이건 거의 쿠키가 아니라…, 병기였어."

맛을 씻어내려고 홍차를 벌컥벌컥 들이마시는 아시도와 의아한 듯 쿠키를 쳐다보는 카미나리.

"근데 이거, 졸음 퇴치에는 그만이네. 한 방에 눈이 번쩍 떠져."

두둔하듯이 그렇게 말하는 오지로에게 진지한 얼굴로 타이르는 세로.

"그 이전에, 다시 한번 먹겠다는 용기로 눈이 번쩍 떠지겠어."

지로도 홍차를 싹 비우고 나서 문을 바라보았다.

"야오모모도 맛없었나—? 황급히 나가버리던데…."

"뭐, 곧 돌아오겠지—."

그러나 그런 카미나리의 말과는 정반대로 야오요로즈는 좀처럼 돌아오지 않았다. 그럼 공부나 다시 시작해볼까, 그렇게 생각한 것까진 좋은데 선생님이 있고 없고에 따라 집중도, 효율도 어마어마하게 차이가 났다.

그러고 있는 동안 지로는 소변이 급해졌다. 입속에 남아 있는 맛을 씻어내려고 벌컥벌컥 들이마신 홍차 때문이었다.

"나, 잠깐 화장실 좀 다녀올게."

"아, 나도 갈래—! 너무 많이 마셨어—."

벌떡 일어선 지로와 아시도가 문을 열자 메이드가 한 명 대기하고 있었다. 뭔가 용건이 있을 때를 대비해 대기하고 있었나 보다. 화장실 위치를 물어보자, "이쪽입니다"라며 안내해 주었다.

몰려드는 요의에 서두르긴 했으나, 긴 복도를 굽이굽이 돌아 아시도의 인내가 한계에 달할 뻔한 그때, 겨우 화장실에 도착했다.

"하아~, 다행히 도착했네~."

"집이 넓으니 장난 아니구나—."

손을 씻고 상쾌한 미소를 지으며 나온 두 사람은 불현듯 발을 멈추었다.

"—어라? 어느 쪽에서 왔더라?"

"음~…?"

오른쪽과 왼쪽, 어느 쪽을 쳐다봐도 긴 복도만이 쭉 이어져 있었다. 오른쪽에서 온 것 같기도 하고, 왼쪽에서 온 것 같기도 하다.

메이드는 없었다. 화장실 앞에서 대기하고 있겠다는 메이드에게 민망해진 지로가, 돌아가는 길은 괜찮다며 돌려보낸 것이다.

"…우선은 이쪽 같지 않아? 가보자."

"앗, 잠깐만."

잠시 생각한 아시도는 직감을 믿고 오른쪽으로 걷기 시작했다. 지로는 황급히 그 뒤를 따라갔다.

"왜 이리 늦지? 얘네들. 혹시 미아 된 거 아냐?"

그렇게 놀려대듯이 웃는 세로에게 오지로가 "음—" 하고 눈살을 찌푸렸다.

"이 집이라면 충분히 있을 수 있는 일이지."

"하지만 메이드가 안내해줬으니 괜찮을 거야."

"하긴, 그것도 그런가?"라며 웃는 오지로. 그런 두 사람 앞에서, 카미나리는 노트에 머리를 문지르며 꿈틀거리고 있었다.

"——."

꿈틀꿈틀 상반신을 움직이는 그 모습은 마치 거대한 유충 같았다. 도저히 못 본 척 그냥 지나칠 수가 없어, 오지로와 서로 얼굴을 마주본 세로가 대표로 말을 걸었다.

"…아까부터 뭘 하고 있는 거야?"

"이렇게 하면 지식이 머리에 들어오지 않을까 해서."

"아니, 반대로 기껏 머릿속에 집어넣은 것들이 튀어나올 것 같은데? 그거."

카미나리는 냉정한 오지로의 지적에 눈물을 글썽이며, 고개를 번쩍 들었다.

"그럼 나더러 어쩌라고—!"

"평범하게 공부하는 수밖에 없잖아?!"

“내 뇌의 허용량은 이미 꽉꽉 찼다구~! 더는 한 글자도 안 들어와! 으흑…, 잘 가라, 나의 임간합숙…. 반갑다, 보충 수업 지옥…!”

메이드의 홍차로 마음이 촉촉해졌던 일은 정말 한순간의 꿈이었던 것 같다. 완전히 체념 모드에 돌입한 카미나리를 방치해둘 수도 없어, 오지로와 세로는 위로 작전으로 선회했다.

“괘, 괜찮다니까! 아직은 시간이 있잖아.”

“그래그래! 인간은 집중하면 그 어떤 역경도 뛰어넘을 수 있어! 교훈(校訓)을 떠올려보라고.”

“플루스 울트라!”

“…더는 한 글자도 못 외우겠는데?”

카미나리의 체념 모드는 좀처럼 전환되지 않았다. 평소 같으면 비교적 뭐든지 포지티브하게 받아들이는 성격인데, 공부라는 스트레스가 네거티브한 쪽으로 기어를 체인지해 놓았다.

“그 한 글자가 바로 플루스 울트라 아닐까?”

“오지로 말이 맞아. 그 한 글자만 뛰어넘으면, 넌 임간합숙에 갈 수 있다고! 응?!”

반 친구의 따뜻한 격려에 카미나리의 딱딱하게 굳어 있던 기어가 천천히 움직이기 시작했다.

“…그래! 앞으로 한 글자만 뛰어넘으면….”

그렇게 말하며 카미나리가 시선을 떨군 영어 교과서에는 빽빽하게 늘어선 영문이. A부터 Z가 제 멋대로 늘어서있는 것으로밖에 보이지 않는 문자의 나열.

카미나리의 뇌세포가 파앙 터졌다.

"역시 무리야, 무리—!!"

현실에서 도피하듯이 푹 엎드려버린 카미나리의 귀에는, 더 이상 오지로와 세로의 황당해하면서도 배려해주는 목소리는 들어오지 않았다. 그 대신, 며칠 전 미네타 미노루가 놀리듯이 툭 던진 목소리가 떠올랐다.

—여차하면 …수밖에 없잖아?

"…하핫."

카미나리가 메마른 웃음소리를 냈다. 그것은 며칠 전, 미네타가 야오요로즈의 집에서 스터디를 한다고 말하는 카미나리에게 그러고도 실패한다면… 하고 덧붙인 말이었다.

"야, 너 정말로 괜찮아—?"

"그렇게 피곤하면, 오늘은 이만 집에 돌아가서 자는 게…."

공부를 너무 많이 해서 이상해진 건 아닌지 진지하게 걱정해주는 세로와 오지로에게, 카미나리는 쓴웃음을 지으며 말했다.

"아냐. 미네타가— 야오요로즈에게 공부를 배우고도 실패한다면, 이제 커닝하는 수밖에 없다고 말했던 게 생각나서—."

"하핫, 커닝 따윌 했다간, 임간합숙에 못 가는 정도로 끝나지 않을걸—?"

"웃을 일이 아니야, 정말로 그랬다간 퇴학감이라고."

그렇게 말하면서도, 오지로도 세로와 함께 웃었다. 카미나리도 웃었다.

"그렇지—?"

그런 카미나리의 눈에 세로의 팔꿈치가 들어왔다. 세로의 '개성'인 테이프를 발사하는 팔꿈치. 테이프는 자유자재로 뻗거나 도로 끌어들일 수도 있는 범용성 높은 '개성'이다. 그리고 카미나리는 학급의 자리 순서를 떠올렸다. 세로의 자리는 카미나리의 대각선 뒤쪽이다.

"하하하…하하…. 아니, 해볼 만하지 않을까…?"

"뭐?"

웃음기를 싹 지운 카미나리의 유독 진지함 넘치는 목소리에 세로와 오지로는 어리둥절해서 그를 쳐다보았다.

"와아—, 이 정돈 소란스러워야 역시 맘이 편하구나—! 그렇지? 바쿠고!"

"네 멋대로 맘 편히 늘어져 있든가."

키리시마와 바쿠고는 도서관에서 도망쳐 나와, 역 앞 패밀리 레스토랑으로 피난을 왔다. 휴일 오후, 점심의 혼잡한 절정기가 지났는데도 이곳은 다양한 손님 층으로 북적이고 있었다. 여기저기서 수다 떠는 목소리가 들려와, 다소 큰 목소리 정도로는 아무도 돌아보지 않았다.

"주문하실 건 정하셨나요?"

"드링크바 둘이요!"

주문을 받으러 온 웨이트리스에게 즉답하는 키리시마를 향해, 바쿠고가 말했다.

"네가 쏘는 거지?"

의자에 깊이 털썩 걸터앉으며, 당연한 듯 확인하는 바쿠고에게 키리시마는 깨끗이 포기한 미소를 지으며 대답했다.

"응, 나한테 맡겨! 그 대신, 끈기 있게 가르쳐줘야 해!"

"드링크바 정도로 끈기 있게 굴 수 있겠냐? 이 멍청아."

"그럼 드링크바는 저쪽에 있으니, 자유롭게 이용하십시오."

웨이트리스가 업무용 미소를 짓고 떠나가자, 키리시마는 천천히 일어섰다.

"내가 갖다줄게. 뭐가 좋아?"

"콜라."

"응, 알았어!"

키리시마가 드링크바로 향한 뒤, 역시나 드링크바로 향하던 다른 사람이 바쿠고의 테이블 앞에 멈춰 섰다.

"…어라? 카츠키잖아!"

"아앙?"

"응?"

키리시마는 음료수를 들고 자리에 돌아와선, 낯선 손님이 두 명 늘어나 있다는 사실을 깨달았다. 검은 곱슬머리의 소년과 5대5 가르마를 한 장발 소년이 바쿠고와 친근하게 이야기하고 있었다.

"설마 이런 데서 만날 줄이야—."

"다 봤다—, 체육대회!"

"시끄러! 입 다물어!"

"바쿠고, 뭐야, 아는 사이?"

키리시마가 말을 걸자, 5대5 가르마가 "앗, 유에이 학생이다—"라며 알아보았다.

"중학교 때 친구들이야. 얼른 너희 테이블로 돌아가."

"뭐야. 매정하게스리."

친구들은 퉁명스럽게 대답하는 바쿠고에게 아쉬운 듯 얼굴을 찡그리면서도 일어서려 했다. 키리시마는 웃는 얼굴로 두 사람을 만류했다.

"앗, 그럼 그냥 앉아 있어!"

"어? 그래도 돼?"

"물론이지, 그간 쌓인 얘기도 있을 거 아냐?"

"그딴 게 어디 있어? 그보다 공부는."

"잠깐 정도는 상관없어. 친구는 소중히 여겨야지!"

"…뭐냐, 넌? 카츠키의 친구라곤 상상할 수 없을 만큼 착한 애구나."

키리시마의 의협심 넘치는 미소에 곱슬머리가 눈부신 듯 실눈을 떴다. 그런 곱슬머리의 말에 바쿠고와 키리시마는 동시에 입을 열었다.

"그게 무슨 뜻이야, 이 망할 놈아!"

"바쿠고가 말이나 태도는 불량해도, 자신의 신념에는 강직하고 뜨거운 남자야!"

바쿠고는 키리시마의 말에 더더욱 얼굴을 찡그렸다.

"기분 나쁜 소리 그만해, 이 등신 같은 머리털아!"

"응, 여전히 입은 험하네―. 칭찬하고 있는데도."

키리시마는 그리움에 젖은 듯한 5대5 가르마에게 호기심이

샘솟는 대로 질문을 던졌다.

"저기, 중학교 때의 바쿠고는 어떤 식이었어?"

"어떤 식…? 아—, 딱 이런 식이었어—!"

"유아독존이라는 느낌."

"지구가 자신을 중심으로 돌고 있는 듯한."

"…이것들이, 얻어맞고 싶냐? 어?"

바쿠고가 짜증난 듯이 주먹을 불끈 쥐었다.

"우앗—, 장래의 히어로가 폭력 휘두르면 안 되지!"

"시끄러! 비켜, 이 떨거지 병풍들아."

바쿠고는 그렇게 말하며 옆자리에 앉아 있던 곱슬머리를 일으켜 세운 후, 어느 새 싹 비워버린 유리잔을 들고 드링크바로 향했다. 이번에는 본인이 들고 오려나 보다.

"…그런데 중학교 때보다는 뭐랄까…. 좀 안정된 것 같기도 해."

바쿠고의 뒷모습을 배웅하며 곱슬머리가 나지막이 중얼거렸다. 5대5 가르마도 "그런 것 같기도"라며 뒤따라 동의했다.

"중학교 때 같았으면 정말로 한 대 정돈 쳤을걸—? 게다가 남한테 공부를 가르쳐준다는 것도 있을 수 없는 일이고."

"맞아—. 역시 유에이는 대단해. …어때? 유에이에서의 카츠키는."

그 질문에 키리시마는 잠시 생각하고 나서 대답했다.

"아까도 말했듯이, 저 녀석은 앞뒤가 똑같아서 같이 있다 보면 기분이 좋아. 실력도 있고. 그 점은 다들 인정하고 있을걸?"

키리시마는 그렇게 말하면서, 바쿠고의 옛날이야기를 듣고 입학 당초 즈음의 일을 떠올렸다.

확실히 처음 만났을 무렵의 바쿠고는 항상 신경질을 냈던 것 같다. 지금보다 훨씬 신랄하고, 입만 열면 누군가를 위협했다. 특히나 눈엣가시처럼 취급한 것은 미도리야다.

"그러고 보니 미도리야도 같은 반이었지?"

키리시마가 그렇게 말하자, 곱슬머리와 5대5 가르마는 미묘한 표정을 지으며 "그야 뭐…"라고 모호하게 대답했다.

키리시마는 입학 당초의 미도리야를 다시 떠올렸다.

엄청난 '개성'이 있는데도, 힘을 다루는 데에 익숙지 않은지 계속 부상만 당했다. 힘이 있는 반면, 성격은 성실하고 기이할 정도로 어딘가 자신감이 없어 보였다.

"카츠키는 그렇다 쳐도, 설마 그 미도리야가 유에이에 갈 줄이야―…."

"그?"

곱슬머리가 쓴웃음을 지으며, 죄책감을 감추듯이 머리를 긁

적였다.

"아—…. 사실 우린 미도리야를 꽤 무시했었거든…. '개성'도 없는 줄 알았고."

"그런데 그런 힘이 있을 줄이야—."

"…TV로 체육대회를 보다가, 미도리야가 예선 1위 차지했을 땐 소름이 돋더라고. 순수하게 대단하다고 감탄했어—…."

"그치—…?"

그런데 그 음색에는 후회하는 듯한 감정이 배어 있고, 얼굴도 겸연쩍은 듯이 씁쓸하게 찡그려져 있었다.

비겁한 짓을 싫어하는 키리시마는 누군가를 무시하는 심정을 도무지 이해할 수 없었다. 이해할 순 없었지만, 자신이 한 짓을 후회하고 있는 인간을 질책할 마음도 없었다. 그럴 수 있는 사람은 당사자뿐이니까. 그러나 그 당사자라면 틀림없이—.

"미도리야는 너희가 그렇게 말해주면 틀림없이 기뻐할걸?! 앗, 아니다. 쑥스러워하려나?"

올마이트 같은 히어로를 지향하고 있는 미도리야야말로, 분명 아무 일도 없었던 것처럼 웃으며 용서해줄 것이다. 아니, 어쩌면 용서한다는 개념조차 없을지도 모른다. 미도리야에게 있어 고통받는 사람을 구해준다는 것은 숨을 쉬는 것처럼 당연한 일인 듯하니까.

"…그럴지도."

"그 녀석은 워낙 착하니까."

약간 안도한 듯이 그렇게 말하는 곱슬머리와 5대5 가르마. 마음속의 무거운 짐이 약간 덜어진 것인지, 두 사람은 둑이 허물어진 것처럼 말하기 시작했다.

"그런데 이런 얘기, 카츠키 앞에선 할 수 없지만 그 토너먼트도 후끈 달아올랐잖아—! 그 얼음 쏘는 녀석과의 배틀!"

"그 미도리야가 본격적인 난타전이라니—! 꽤 그럴싸하던데—?"

"그래그래. 한 방 되갚아줬을 땐, 나도 모르게 오오—! 하고 탄성이 터져 나왔다니까."

"아깝더라—, 미도리야! 어쩌면 결승에 올라가, 카츠키하고도 좋은 대결을 펼칠 수 있지 않았을까?!"

"…데쿠가 뭐라고?"

그 목소리에 헉하고 놀라 돌아보는 키리시마 일행. 거기에는 한손에 콜라를 들고, 분노로 안면을 씰룩거리는 바쿠고가 있었다. 두 눈이 슬금슬금 위로 치켜 올라간다.

"데쿠가 그럴싸하더라고…? 잠꼬대는 자면서나 하시지!!! 너희 눈은 옹이구멍이냐?!! 그 구멍에다가 깔끔한 대폭파를 보여주마!!!!!"

"바쿠고, 좀 진정해!"

"시끄러!! 이 머저리들아!!!"

"미도리야 얘기만 나오면…. 아아앗, 역시 하나도 안 변했어~!"

"데쿠 이름 꺼내지 마!!!"

"카츠키, 그만하라니까."

맹렬하게 달려드는 바쿠고에게서 도망치려 하는 5대5 가르마와 곱슬머리, 그리고 그것을 말리는 키리시마 사이에서 테이블이 흔들렸다. 그러다가, 결국 그 위에 있던 유리잔이 넘어져 바닥에 떨어지고 깨졌다. 바쿠고의 분노는 더 이상 단순 소음이란 범주에 머무를 수 없게 되어, 다른 손님들이 무슨 일인지 궁금해 하며 주목하기 시작했다.

"저 아이, 어디선가 본 것 같은데…."

"앗, 유에이의."

"시궁창."

"그 왜, 체육대회 때 구속됐던 아이 있잖아."

"아아, 그?"

바쿠고를 알아본 손님들의 속삭임은 바쿠고의 분노에 더욱 불을 지폈다.

"시끄러!!! 병풍들은 입 다물고 거지 같은 밥이나 처먹어!!!!"

"손님."

소리친 바쿠고의 어깨를 덥석 붙잡은 것은 우락부락한 체격의 점원이었다. 명찰에는 점장이라는 직함이 박혀 있었다.

"다른 손님들께 폐가 되니까 좀 더 조용히…."

그러나 말로서 바쿠고의 분노가 멈췄다면 지구는 좀 더 평화로웠을 것이다.

"시끄러!! 나도 손님이잖아!!!!"

"다른 손님들께 폐를 끼치는 손님은 더 이상 손님이 아닙니다. 그리고 저희 가게는 거지 같은 밥을 내놓지 않습니다."

그렇게 바쿠고 일행은 패밀리 레스토랑에서 쫓겨났다.

"너희가 데쿠 얘기 따윌 하니까 그렇지!! 아니, 이게 다 그 빌어먹을 데쿠 놈 때문이야!!!"

"진정해, 바쿠고!!"

"그, 그럼 다음에 보자—!"라면서 허둥지둥 떠나가는 친구들에게 더욱 열받은 바쿠고를 만류하면서, 키리시마는 생각했다.

입학 당초와 비교하면 바쿠고도 조금은 안정된 것처럼 보인다. 미도리야도 자신감이 생긴 것 같고. 그러나 바쿠고의 도화선이 길어질 날은 한참 뒤일 것 같다.

그리고 키리시마의 가방 안에 들어 있는 교과서와 필통도 한참 뒤에나 등장할 것 같았다.

공부는 자력으로 노력하는 수밖에…! 라고 키리시마가 각오하고 있을 무렵, 지로와 아시도는 호화 저택 안에서 헤매고 있었다.

"역시 메이드한테 기다려 달라고 할 걸 그랬어…."

"뭐, 걷다보면 언젠가는 도착하겠지!"

눈살을 살짝 찌푸리며 낙담한 지로를 바라보고, 아시도는 천연덕스럽게 웃었다.

"이런 기회는 좀처럼 없잖아?! 강당을 찾으면서 탐험하자—!"

"뭐엇?"

"탐험, 탐험."

그렇게 말하더니, 아시도는 깡충깡충 뛰기라도 하듯이 즐겁게 걷기 시작했다. 지로도 아시도의 뒤를 쫓아갔다.

"있잖아—, 나중에 야오모모 방도 보여 달라고 하자."

"아, 으응…."

똑같은 문과 벽이 계속 이어지자, 이곳은 사실 미로가 아닌지 의심까지 들기 시작했다.

'이런 집에서 산다는 건 어떤 기분일까?'

태어난 이래 줄곧 살아왔으니, 야오요로즈에겐 이것이 평범한 집일 것이다.

지로는 문득 야오요로즈 모친의 시선을 떠올렸다.

"……."

그리고 또 다시 자신의 옷을 쳐다본다.

"…저기, 내 옷이 좀 이상한가?"

"옷? 멋있고 귀여운데! …응? 라이브러…, 아! 여기 도서실이래!"

다른 곳보다 한층 더 큰 문에 달려있는 팻말을 본 후, "호오~!" 하고 진기한 듯 탄성을 지르는 아시도를 보며 지로는 나지막이 한숨을 내쉬었다.

아시도와는 취향이 비슷하다. 세밀하게 분류하면 파벌은 다르지만, 장르는 같을 것이다. 그러나 야오요로즈와는 장르가 다르다.

지로가 펑크 패션이라면 야오요로즈는 청초한 타입.

지로가 좋아하는 음악이 록이라면 야오요로즈는 클래식.

취향도, 외양도, 자라온 환경도 전혀 다르다. 공통점이라곤

성별 정도뿐이다.

그래도 어느 새 친해졌다.

야오모모는 좋은 아이이다. 완벽한 듯 보이는 한편 어딘가 자신감 없는 구석도 있지만, 항상 자신이 할 수 있는 최선을 다하려 하고 있다. 무언가를 내세우며 자랑하는 법도 없고, 대화할 때도 편하다.

앞으로도 평범하게 친구로 지낼 것이다.

그렇기 때문에, 친구의 가족이 자신을 탐탁지 않게 여기는 것은 좀 괴롭다.

"지로 님, 아시도 님, 여기에 계셨군요."

"아, 집사님…."

뒤에서 들려온 목소리에 지로가 돌아보자, 어느 새 집사가 다가와 있었다. 어쩌면 아시도의 목소리를 따라 찾아온 것인지도 모른다.

"죄송합니다. 제대로 안내해드리라고 당부해 놨는데…."

"앗, 저희가 돌아가 계시라고 말씀드려서."

"하지만 길을 잃게 만든 건 저희의 책임이죠. 대단히 죄송합니다."

"전혀 아무렇지도 않아요! 오히려 탐험할 수 있어서 재미있었고."

"그러셨군요…. 그럼 강당 쪽으로…."

그렇게 말하고서, 집사는 잠시 생각에 잠기더니 또 다시 입을 열었다.

"강당으로 돌아가기 전에 모모 아가씨가 계신 곳으로 가보실까요?"

그렇게 해서 집사의 뒤를 따라가자, 뭔가 아련하게 이상한 냄새가 피어오르기 시작했다. 계속 걸어갈수록 그 냄새는 점점 더 진해졌다.

"으윽, 이게 무슨 냄새지?!"

아시도가 더 이상 참지 못하고 코를 거머쥐며 소리치자, 집사는 발을 멈추고 돌아보았다.

"…아까 드신 쿠키 냄새입니다."

"네? 그 쿠키?"

"자, 저쪽으로 가보시죠…."

집사는 지로 일행에게 앞으로 더 가보라고 재촉했다. 머뭇거리면서도, 왠지 모르게 발소리를 죽이며 두 사람은 막다른 곳에 있는 목적지를 향해 나아갔다.

"…어머니, 그것도 좀… 그만두시는 게 좋지 않을까요…?"

"어머나, 왜?"

들려온 것은 야오요로즈와 야오요로즈 모친의 목소리였다.

아시도와 지로는 살며시 안을 들여다보았다.

“아무리 그래도 등 푸른 생선과 초콜릿은 안 어울릴 것 같은데….”

“하지만 모모. 등 푸른 생선에 함유되어 있는 기름은 뇌에 좋잖니? 게다가 카카오도. 걱정 마, 굴과 함께 믹서에 갈아버리면 생선의 형태는 안 남을 테니까. 아까 그 쿠키에도 집어넣었지만, 전혀 몰랐잖니?”

그곳은 주방이었다. 본격적인 설비는 레스토랑에 있는 것들과 별 차이가 없었고, 조리대 앞에서 야오요로즈와 야오요로즈 모친이 대화를 나누고 있었다. 두 사람 앞에는 신선하게 보이는 생선과 양배추, 시금치, 견과류에 향신료 등등, 다양한 식재료가 놓여 있었다.

대화 내용으로 미루어 보건대, 아무래도 아까 그 쿠키는 야오요로즈 모친의 수제품인 듯했다.

“…야오마마, 요리는 잘 못하시나 봐~.”

조용히 속닥거리는 아시도의 말에 지로도 고개를 끄덕였다.

‘그래도 의외라면 좀 의외인걸…? 요리 따윈 안 하실 것처럼 보이는데…. 하더라도 빈틈없이 척척 해내실 것 같고….’

두 사람이 바라보고 있다는 것도 모르고, 야오요로즈는 말하기 껄끄러운 듯이 뒷말을 이었다.

"…하지만 그 비린내는…. 저기, 어머니는 모르시겠어요…? 이 냄새…."

"어? 아아, 그러고 보니 한참 전부터 아무 냄새도 안 나네. 어느 새 코감기라도 걸려버린 건가?"

'그건 코가 마비된 거 아닌가…?'

지로는 너무도 강렬한 냄새를 지나치게 많이 맡아버린 탓이라고 추측했다.

"…그럼 잠시 쉬시는 게 좋지 않을까요?"

"아냐, 절대로 쉴 수 없지. 난 이 쿠키를 만들어야 해."

'왜 그렇게까지 해서….'

지로가 그렇게 생각한 순간, 야오요로즈 모친이 기합을 빡 넣듯이 두 주먹을 불끈 거머쥐며 말했다.

"왜냐하면 우리 모모 친구들의 기말고사를 위한 일이니까! 낙제점을 받으면 임간합숙에 못 가게 된다면서? 모모는 공부를 서포트하고, 난 최소한 뇌를 활성화시키는 이 쿠키라도 서포트해주고 싶어. 오랜만의 스터디니까."

지로는 나지막이 헉하고 숨을 삼키며 식재료를 바라보았다. 그러고 보니 하나같이 뇌에 좋다고 일컬어지는 것들뿐이다.

"어머니…. 그 마음은, 저기, 너무나 감사한데요…."

"걱정 마. 아까는 소금과 설탕을 잘못 넣었지만, 이번엔 실수하지 않았어. 그리고 녹차를 넣으면 분명 냄새가 중화될 거야. 그보다는 카레가루가 더 나으려나? 아, 둘 다 넣으면 되겠네!"

'…뭐야, 그냥 평범한 엄마잖아?'

지로는 잔뜩 흥분한 야오요로즈 모친을 쳐다보며 그렇게 생각했다.

살고 있는 집이 아무리 커도, 딸의 친구들을 위해 열심히 쿠키를 만들고 있다. …비록 맛은 실패했지만.

"야오마마, 되게 친절하시다!"

"…으응."

지로가 솔직하게 고개를 끄덕인 찰나, 야오요로즈가 두 사람의 존재를 알아차렸다.

"두 분이 왜 이런 곳에?"

"제가 안내해 드렸습니다."

집사가 다가와 살며시 고개를 숙였다. 어쩌면 집사는 맛없는 쿠키에 숨겨진 뜻을 알아주길 바랐던 것인지도 모른다고, 지로는 생각했다.

"저기, 두 분. 저 쿠키는 굳이 무리해서 안 먹어도 되니까…."

야오요로즈가 두 사람에게 조용히 귓속말을 했다. 야오요로즈는 야오요로즈대로 모친에게 상처 주기 싫은 눈치였다.

'…뭐야, 그냥 평범한 집안이네.'

지로는 자신의 감정이 밑으로 쿵 떨어지는 기분이 들어 조용히 웃었다.

"…괜찮아. 뭐… 독특한 맛이긴 해도, 먹으면 머리가 좋아질 것 같으니까."

"응! 공부에 탄력이 붙을 것 같은 맛!"

"카미나리에게 잔뜩 먹이는 게 좋겠어."

눈이 휘둥그레지는 야오요로즈. 지로와 아시도의 말을 들은 야오요로즈 모친은 만면에 미소를 지었다.

"그럼 이것도 서둘러 구워야겠네요! 카미나리에겐 특별히 큰 걸 준비해줄게요."

"그러는 게 좋겠어요."

지로가 그렇게 대답하자, 야오요로즈 모친은 일에 착수하려던 손을 갑자기 멈추고 지로의 복장을 또 다시 빤히 쳐다보았다. 그 시선을 감지한 지로는 거북한 듯 몸을 뒤틀었다.

'아—…. 역시 이 옷은 맘에 안 드시나 보구나—….'

"…역시 근사하네요, 그 옷."

"네?"

지로는 뜻밖의 말에 어리둥절해져 야오요로즈 모친을 바라보았다.

"미안해요, 멀뚱멀뚱 쳐다봐서…. 옛날에 한 학년 위의 선배가 밴드를 하셨는데, 그분의 복장과 하도 비슷해서 아까도 그만 나도 모르게 빤히 쳐다봤지 뭐예요…."

"어머니는 여고에 다니셨죠?"

"응, 보이시해서 모두가 동경하는 선배였어. 나도 흉내 내고 싶었는데, 도무지 안 어울려서…. 아아, 옛날이 그립구나."

소녀처럼 뺨을 발갛게 물들이는 야오요로즈 모친을 보고 지로는 "…뭐야"라며 맥이 탁 풀렸다.

" 미안해요, 지로. 혹시 기분 상했나요…?"

걱정스러운 듯 쳐다보는 야오요로즈를 향해 지로는 방긋 웃었다.

"아니, 그 반대야."

"그 반대? 요?"

"응. 괜히 고민했어."

기이한 듯 고개를 갸웃거리는 야오요로즈의 뒤에서, 야오요로즈 모친이 "아참참" 하고 생각난 듯 말했다.

"깜빡할 뻔했네요, 케이크도 준비해 놨는데."

그리고 커다란 냉장고에서 꺼낸 케이크에 지로 일행은 눈이 휘둥그레졌다. 아름답게 데커레이션 한 초콜릿 케이크였다.

"와아, 예쁘다…."

"이것도 야모마마가 만드신 거예요—?!"

"아뇨, 우리 셰프한테 부탁해 놨어요. 맛은 보증합니다."

그 말에 야오요로즈가 안도한 듯 어깨를 슥 내렸다.

"…그럼 이 케이크를 먹고 나서, 조금만 더 힘내볼까요?"

"아자아자—! 파이팅—!"

아시도가 케이크의 존재에 너무 티 나게 기분이 좋아져 폴짝 뛰는 것을 보고, 야오요로즈와 지로는 서로 얼굴을 마주보며 쓴웃음을 지었다.

그렇게 활짝 피어난 꽃들을 야오요로즈 모친과 집사는 흐뭇하게 지켜보고 있었다.

"그 녀석들, 공부하고 있을까—?"

"하고 있지 않으면 곤란하죠. 특히나 카미나리는…."

"보나마나 빈둥빈둥 농땡이 피우고 있을걸~?"

케이크 준비에 앞서, 지로 일행은 강당으로 돌아갔다.

"얘들아, 걔네들 놀래주자!"

아시도의 제안에 문을 살며시 열어젖힌 여자들은, 역시나 살며시 안을 들여다보았다. 그 안에선 빈둥거리는 모습은 찾아볼 수 없고, 의외로 다들 무언가 진지하게 논의를 하고 있었다.

"…K계획의 승부는 한 순간이야. 그 한 순간에 모든 게 결정되는 거라고."

"아니, 그래도 문제는 소리일걸? 이건 아무리 생각해도 들킬 것 같은데."

전에 없이 심각한 톤으로 말하는 카미나리에게 눈살을 찌푸리며 대답하는 오지로.

"…이런 때를 위한 서포트과 아니겠어? 소리가 안 나는 아이템을 만들어 달라고 하자."

"소리가 안 나게 되면 확실히 여러모로 편리하겠네…."

카미나리의 제안에 마냥 싫지만은 않은지, 생각에 골몰하는 세로.

마치 빌런 대책이라도 짜고 있는 듯한 진지함이다.

"…도대체 무슨 얘길 하고 있는 거지? 재네들. K계획…?"

"새로운 코스튬에 관한 얘기인가??"

"왠지 끼어들기 힘든 분위기네요…."

속닥속닥 이야기하는 지로 일행도 인지하지 못한 채, 카미나리 일행은 논의를 계속했다.

"우선 중요한 과제는 세로가 테이프를 쏠 때 나는 소리의 무음화야. 그리고 나랑 세로의 타이밍…. 그리고 만약을 대비해, 증거 인멸에는 아시도의 '개성'인 산도 필요해."

나? 아시도는 갑자기 자기 이름이 튀어나오자, 어리둥절하며 눈이 휘둥그레졌다.

지금까지 나온 대화 내용을 보면, 카미나리가 세로의 '개성'인 테이프를 이용해 무언가를 하려는 것 같다. 그것도 심지어 증거를 인멸하지 않으면 안 되는 무언가를.

'아, 혹시?'

지로가 깨달은 그 순간, 카미나리가 자신만만하게 고개를 끄덕이며 말했다.

"오케이, 이로써 난 임간합숙에 갈 수 있어…. 이 K계획…, 커닝이 성공한다면 말이야…!"

"뭐엇?! 무슨 소릴 하는 건가요? 카미나리!!"

"켁?! 야오모모?!"

자신도 모르게 빽, 하고 소리친 야오요로즈를 남자들이 발견하고 파랗게 질렸다. 세로의 테이프에 정답을 적고, 시험 볼 때 재빨리 뻗어 커닝을 하려는 심산이었던 것이다.

역시나… 라며 지로가 기막혀 하는데, 옆에서 아시도의 뺨이 분노로 퉁퉁 부풀어 올랐다.

“증거 인멸이라니, 그게 뭐야—! 나도 커닝을 돕게 할 셈이었어?! 이 저질들—!!”

“그냥 바보가 아니라 손쓸 수 없는 멍청이였네. 그보다 오지로도, 세로도 그런 데에 넘어가지 마.”

“면목 없다….”

“카미나리가 너무 진지해서, 나도 모르게 그만….”

저마다 따지고 덤벼들자, 카미나리는 눈물을 글썽이며 간절히 하소연했다.

“하지만 더 이상은 머리에 안 들어온단 말이야!! 그래서 이젠 커닝밖에 방법이 없을 것 같아서…!”

그렇게 말하며 고개를 숙이는 카미나리 앞에서 야오요로즈가 무릎을 꿇었다.

“카미나리, 당신은 커닝해서 유에이에 들어왔나요?”

“아, 아니야! 턱걸이였을지는 몰라도, 그땐 정정당당하게 시험 봤어!”

필사적으로 호소하는 카미나리를 야오요로즈는 진지한 눈빛으로 응시했다.

“…그럼 이번에도 할 수 있을 거예요. 당신은 하면 할 수 있는 사람이니까. 전 그렇게 믿어요…!”

“…야오요로즈 선생님…!!”

야오요로즈의 자애 넘치는 선생님 오라가 카미나리 소년의 황폐한 마음속 얼음을 녹여버렸다.

'뭐야, 이건?'

이 촌극 같은 전개를 지로는 어이없는 표정으로 바라보았으나, 카미나리는 완전히 회개한 것처럼 눈물을 훔치더니 책상을 향해 앉았다.

"나 열심히 할게, 선생님!"

"바로 그 마음가짐이에요, 카미나리!"

"그래, 우리 같이 열심히 해보자!"

"다 같이 임간합숙에서 담력 테스트를!"

"우선은 낙제점부터 회피해야지."

또 다시 단결한 모두의 목표는 임간합숙이다. 스터디는 여전히 계속된다.

지로는 자기 나름대로 격려해주고자, 야오요로즈 모친이 만들어준 쿠키를 집어 카미나리의 입에 마구잡이로 넣었다.

이제 조금만 있으면 달콤한 케이크가 올 것이다.

Part. 2
떠들썩 로드

음악 틀자! 여름 분위기 나는 걸로! 튜브 어때, 튜브!
빼빼로 좀 줘.
끝말잇기!
행쇼!
리소나 은행! 행!
바보야, 여름 하면 캐롤이 부른 여름의 끝이지!
끝나는 거냐?
자리에선 일어나지 말 것! 일어나지 말라고, 얘들아!!
웅성
웅성
야, 빼빼로 좀 달라니까.

"A반 버스는 이쪽이다. 자리 순서대로 줄 서!"

A반 반장 이이다 텐야의 평소 이상으로 흥분한 목소리가 유에이 고교의 버스 승차장에 울려 퍼졌다.

"날씨가 좋아 다행이야!"

"그러게."

이즈쿠가 큰 배낭을 고쳐 메며 가까이 있던 토도로키 쇼토에게 그렇게 말하자, 토도로키는 냉랭하게 대답했다. 무뚝뚝한 것이 아니라 이것이 평소 상태다.

"정말 야오모모 선생님 만세야—! 가르쳐줘서 고마워!"

"땡큐다! 겨울 기말고사 때도 스터디 열어줘—."

"네, 제가 도움이 된다면 꼭!"

스터디 때 특히나 신세진 아시도와 카미나리가 야오요로즈에게 고맙다고 인사하자, 옆에서 지로가 카미나리에게 가볍게 발길질을 날렸다.

"가르쳐 달라고 하기 이전에 본인이 스스로 해."

"크헉, 지로. 자꾸 함부로 걷어차지 마!"

조금 떨어진 곳에선 아스이 츠유가 우라라카 오챠코의 짐을 보며 말을 걸었다.

"어라? 오챠코, 짐이 적네?"

"응, 가급적 콤팩트하게 싸려고 노력했지. 츠유, 네 가방은 되게 크다!"

"응, 집에 있는 것 중 제일 큰 거야. 나도 들어가."

오늘은 임간합숙 당일이다. 기말고사 때 낙제점을 받으면 임간합숙만 못 가는 것이 아니라 학교에서 보충 수업 지옥…이라는 것은, 학생들을 궁지에 몰아넣어 의욕을 끌어내기 위한 A반 담임 아이자와 쇼타의 합리적 허위였다.

필기시험은 전원 합격점을 받았으나, 실기시험을 통과하지 못한 카미나리, 키리시마, 아시도, 사토 리키도, 그리고 통과는 했으나 미드나이트 선생님의 '개성'으로 잠들어버린 세로까지 낙제점으로 취급해, 합숙과 동시에 보충 수업을 받게 되었다. 별것도 아니다. 장소만 이동한 지옥일 뿐.

그렇다 해도 모두 함께 갈 수 있는 1주일간의 임간합숙.

학생들 중에는 오챠코처럼 학교에 다니기 위해 홀로 자취하고 있는 사람도 있지만, 대부분은 본가에 살고 있다. 부모 곁을 떠나, 같은 반 친구들과 지내는 합숙에 기대를 부풀리지 말라는 것도 무리한 요구다.

게다가 쇼핑몰에서 이즈쿠가 빌런 연합의 시가라키 토무라와 조우하는 사건도 일어나, 원래 예년과 똑같은 합숙지에서 다른 곳으로 변경되었다고 한다. 학생들의 가슴속에는 일상에서 벗어나는 것으로 약간의 불안감을 불식시키고 싶은 마음도 있을 것이다.

"B반 버스는 이쪽이야—. 빨리 와."

B반 반장인 켄도 이츠카가 소리를 높이자, B반 학생들도 줄줄이 버스에 올라타기 시작했다.

합숙은 히어로과인 A반과 B반의 합동으로 이루어진다. 체육대회 때는 B반의 모노마 네이토나 테츠테츠 테츠테츠 등이 라이벌 의식을 불태웠지만, 평소에는 반이 달라서 이야기를 나눠볼 기회도 거의 없다. 바로 그 점도 뒤숭숭하게 들뜬 분위기를 형성하고 있는 원인 중 하나였다.

"B반도 하나같이 굉장하네…."

그런 가운데, 딱 한 사람 기묘한 태도를 보이고 있는 것이 미네타 미노루였다. 침을 질질 흘리고 거친 숨을 몰아쉬며, 버스에 올라타고 있는 B반 여학생들을 눈으로 겁탈하고 있었다. 비록 직접 손을 대지는 않았지만, 그 표정만으로도 성희롱 죄로 잡혀 들어갈 것 같은 성욕의 화신이 그곳에 있었다.

"미네타! 그쪽은 B반 버스야. 얼른 자리 순서대로 줄 서!"

미네타가 날리는 시선의 의미 따윈 알지도 못하는 이이다가 말을 걸어왔다. 머릿속에서 하던 성희롱이 강제로 중단되자, 미네타는 마지못해 A반 버스 승차장으로 갔다.

"그럼 다들 자리 순서대로 올라타자!"

이이다의 제안에 아시도가 "에이—" 하고 불만의 목소리를 냈다.

"꼭 자리 순서대로 안 타도 되잖아. 대충 자유롭게 앉자—."

"하지만 자리 순서대로 해야 착착 앉을 수 있잖아?"

"그래도 모처럼 가는 합숙인데, 평소랑 똑같은 자리 순서대로 가면 재미없지."

"아시도, 합숙은 학교 행사니까 재미없다느니, 그런 감정은 관계없지 않을까."

"나도 자유롭게 앉고 싶어—."

카미나리까지 소리 높여 주장하는 모습을 보더니, 이이다는 잠시 생각한 뒤 입을 열었다.

"그럼 이럴 땐 다수결로—."

"됐으니까 얼른 올라타. 거치적거린다."

이이다의 뒤에서 그의 말을 끊은 것은 아이자와였다. 권위자의 그 말 한마디에 A반은 허둥지둥 버스에 올라타기 시작했다. 아이자와가 시간 낭비라면 질색한다는 것을 다들 뼈저리게 알고 있기 때문이다.

차 안은 좌우로 두 좌석씩 분리된 4열 시트의 전형적인 관광버스 구조였다.

"오챠코, 같이 앉지 않을래?"

츠유는 자리를 찾으며 두리번거리고 있는 오챠코에게 말을 걸었다.

"응! 앉을래, 앉을래—!"

"난 창가 자리!"

"잠깐만, 이거 누구야? 짐, 거치적거려—."

"맨 뒷자리는 보통 양아치 자리라고 하지 않나?"

"—아무데나 상관없으니 얼른 앉아."

우왕좌왕하던 차 안도, 또 다시 땅바닥을 훅 기는 듯한 아이자와의 한 마디에 잠잠해졌다.

시동이 걸린 버스가 살짝 진동하더니 곧 천천히 달리기 시작했다. 점차 스피드를 높이며 뒤로 흘러가는 경치에, 권위자가 던진 말의 효과는 이내 떨어졌다.

"음악 틀자! 여름 분위기 나는 걸로! 튜브 어때, 튜브!"

"바보야. 여름 하면 캐롤이 부른 여름의 끝이지!"

"끝나는 거냐?"

카미나리와 키리시마가 맨 앞자리에 나란히 앉아 스마트폰을 한손에 든 채 떠들고 있고, 그 옆에선 역시나 나란히 앉은 아시도와 하가쿠레 토오루가 끝말잇기를 하고 있었다.

"끝말잇기!'"

"리소나 은행!"

"'행'! 행쇼!"

차 안은 마치 초등학생의 소풍날처럼 신바람 난 활기로 충만해 있었다.

"……."

하가쿠레의 앞자리에 앉은 아이자와가 너무 흥분한 애들의 모습에 질려버린 그 순간, 반장의 사명감을 띤 이이다가 벌떡 일어나 소리쳤다. 이이다의 자리는 카미나리의 뒤고, 그 옆자리가 이즈쿠다.

"어이, 얘들아! 조용히 좀 해! 임간합숙 안내서에도 적혀 있었잖아! 언제든지 유에이 고교 학생이라는 사실을 잊지 말고 규율을 중시하는 행동을 취하라고…!"

그러나 그 목소리는 신바람 난 분위기에 쓸려 사라졌다. 이즈쿠가 가여운 듯 그를 위로했다.

"지, 진정해, 이이다. 그보다는 위험하니까 앉아 있는 게 좋겠어.”

“윽, 내가 이런 실수를!”

‘에라, 모르겠다….’

아이자와는 주의를 주려다가 포기하고, 잠을 좀 청하기 위해 눈을 감았다. 아무리 주의를 줘도 불사조처럼 소동이 되살아난다는 사실을 너무도 잘 알고 있기 때문이다. 젊음이 넘치는 학생들과 앞으로 1주일 동안 숙식을 함께 해야 된다. 쓸데없는 에너지를 소비할 때가 아니다.

게다가 신나게 떠들 수 있는 것도 어차피 지금뿐이니까.

아이자와가 곧바로 잠들기 시작했을 때, 츠유가 오챠코에게 가늘고 긴 빨간 상자를 내밀었다.

“오챠코, 빼빼로 먹을래?”

“먹을래—!”

“빼빼로 좀 줘.”

“나도 사탕 가져왔는데, 자!”

“고마워.”

“저기, 빼빼로 좀 주지 않을래?”

그렇게 말하며 오챠코 일행의 앞자리에서 얼굴을 빼꼼이 내민 것은 아오야마 유가. 아오야마는 하가쿠레의 뒷자리로, 그 옆자리는 토도로키였다.

"우앗, 아오야마!"

"그렇게 빼빼로를 좋아했니? 아오야마."

그녀가 내민 빼빼로를 "메르시" 하고 한 줄 뽑아가면서, 아오야마는 쓸데없이 머리를 쓸어 넘기고 말했다.

"어제 늦게까지 짐 싸느라 늦잠을 자버렸거든. 그래서 아침밥도 못 먹었어. 그러니 최소한 빼빼로라도 먹으려고☆"

"최소한 빼빼로라니, 그건 빼빼로에게 실례구마. 이건 프레즐과 초콜릿이 함께하는 꿈의 하모니데이"

항상 절약 생활을 하고 있는 오챠코는 지극히 진지하게 사치품인 과자를 옹호했다. 참고로 사탕은 본가에서 보내준 것이다.

"네네~, 레이디."

아오야마는 빼빼로를 다 먹고 나더니, 주머니에서 반짝반짝 데커레이션 된 손거울을 샥 꺼내들었다. 그리고 다양한 각도에서 매무새를 공들여 체크했다.

"…눈부셔."

옆에서 졸려하고 있던 토도로키가 햇빛이 반사됐는지 얼굴을 찡그렸다. 그러나 아오야마는 "쏘리☆"라고 사과한 후, 창가 쪽으로 살짝 붙기만 할 뿐 거울 보는 것을 전혀 멈추지 않았다.

"아아, 아침 햇살보다 더 눈부신 나☆"

"…흔들림이 없구나, 아오야마."

"그러게. 어떤 의미에선 훌륭해."

오챠코와 츠유는 진지한 얼굴로 고개를 끄덕였다. 그 뒷자리에 앉은 바쿠고와 토코야미 후미카게는 들뜬 분위기를 외면하듯이, 아이자와처럼 눈을 질끈 감고 있었다. 바쿠고는 정말 자고 있지만, 토코야미는 그저 인기척을 죽이듯이 조용히 명상하고 있을 뿐이었다. 그리고, 그 줄 맨 뒷자리는 오지로와 세로. 그 옆줄에는 미네타와 사토.

"내가 아시도는 아니지만 담력 테스트라니 막 설렌다! 와악, 하고 놀래주는 것도 재미있을 것 같고."

"와악, 하고 뒤에서 가슴을 주무르거나!"

"아니, 그건 범죄지."

세로와 대화에 열을 올리는 미네타에게 기막힌 표정으로 태클을 날리는 오지로. 미네타의 옆에서 사토가 앙증맞은 포장지를 펼쳤다.

"얘들아, 너희들 마시멜로 먹을래? 바닐라랑 코코아랑 딸기맛인데.

"뭐야, 마시멜로 가슴?!"

미네타의 머리는 항상 성적인 것과 직결되어 있나 보다. 그런 미네타 일행 앞자리에는 쇼지 메조와 코다 코지. 둘 다 말수가 적기 때문에 입을 꾹 다문 상태다. 그런데 쇼지가 입을 열었다.

"코다."

"어? 왜, 왜 그래?"

"…창가에 앉을래?"

"어? 아니, 괜찮아…."

"그래?"

또 다시 침묵하는 두 사람. 참고로 바쿠고와 토코야미도 같은 줄이라서, 이 줄만 유난히 조용하다.

"야오모모, 이거 좀 들어볼래? 주로 클래식을 어레인지 하는 밴드인데. 요즘 거의 무한 반복해서 듣고 있어."

"어머나, 흥미롭네요."

"그럼 같이 듣자."

쇼지 일행의 앞자리는 지로와 야오요로즈. 이어폰을 한 쪽씩 꽂고 음악을 듣고 있었다.

"왜 그래? 츠유."

고개를 쏙 내밀고 차 안을 둘러보는 츠유에게 오챠코가 말을 걸었다. 츠유는 "그냥"이라고 대답하더니, 다시 자리에 앉아 입을 열었다.

"소풍 같아서."

"그럴지도. 다 같이 어딘가로 외출하면 흥분되잖아. 가령 수학여행이라든가! 잠 안 자고 계~속 얘기하자고 해 놓고, 어느새 잠들어버리지."

"오챠코네 수학여행은 어디였어?"

"도쿄! 꿈의 나라, 완전 즐거웠어~. 츠유는?"

"홋카이도였어."

"호오~, 좋겠다! 게?"

"응. 게도 맛있었지만…, 개굴개굴."

"뭐야? 생각만 해도 웃음이 날 정도로 맛있었어?"

뭔가 생각난 듯 개굴개굴 웃음을 터트린 츠유를 보며, 오챠코가 고개를 갸웃거렸다.

"아니, 그게 아니라. 내 친구 중에 하부코라는 애가 있는데, 걔는 추위에 엄청 약하거든. 나도 강한 편은 아닌데, 그 이상이었어. 수학여행을 무척 기대했는데 홋카이도에 가까이 갈수록 졸음이 막 몰려와서…."

"어머나. 기후만은 어떻게 해볼 수도 없는데."

"하지만 무슨 일이 있어도 꼭 즐겨야 한다고, 둘이서 열심히 고민했어. 하부코가 졸음에 휩싸이지 않으려면 뭘 어떻게 해야 될까 하고."

"응, 응."

"그래서, 따뜻하게 해주면 되지 않을까, 그런 생각이 든 거지. 결국 다른 친구들로부터 옷을 잔뜩 빌려와 따뜻하게 만들었어."

"오오, 작전은 성공?"

"응, 근데 옷이 퉁퉁하게 부풀어서. 너무 뒤룩뒤룩해진 나머지 눈사람으로 오해받을 정도였어. 그게 또 어찌나 귀엽던지."

"좋은 추억이네!"

"응."

츠유가 방긋 웃는 순간, 앞자리에서 눈부신 빛이 번쩍, 눈속으로 날아들었다.

"눈부셔, 아오야마."

"위…."

그러나 돌아온 것은 여느 때와 달리 가녀린 목소리. 츠유와 오챠코는 어리둥절해서 서로 얼굴을 마주본 다음, 앞자리를 빼꼼히 들여다보았다.

"아오야마?"

"윽~…."

그곳에는 창에 머리를 기대고 창백한 얼굴로 축 늘어져 있는 아오야마가 있었다. 축 늘어뜨린 손에는 손거울이 단단히 쥐어져 있었다.

"왜 그래? 아오야마."

이제껏 이즈쿠와 이이다의 이야기를 듣고 있던 토도로키가 걱정스러워 하는 오챠코의 목소리에 그제야 깨달은 듯, 옆자리의 아오야마를 바라보았다.

"왜 그래?"

그런 토도로키의 모습에 이즈쿠와 이이다도 돌아보았다.

"아마도 멀미 같아. 계속 거울만 쳐다보고 있었잖아."

츠유가 그렇게 지적하자 탄식하듯 아오야마가 반론했다.

"…아름다운 날 바라보며 속이 뒤집어질 리 없잖아…?☆"

죽을 것 같은 얼굴로 달달 떨면서도 윙크하는 아오야마에게 츠유는 단호하게 말했다.

"그 변함없는 태도는 훌륭하다고 생각하지만, 굳이 무리할 건 없어!"

"농농…. 무리 따위가…, 무리…. 우웁."

오챠코는 무언가가 울컥 치밀어 오른 아오야마를 보고 허둥거렸다.

"토하려고?! 봉지, 봉지!"

"…아름다운 내가 아름답지 않은 걸 토할 리 없어…. 설령 토한다 해도 반짝거리는 물체밖에 토하지 않아…, 우읍."

신바람 나서 떠들거나, 혹은 조용히 하고 있던 멤버들도 이 소동을 알아차리기 시작했다.

"어? 뭐야. 아오야마, 멀미났어?"

"어머나, 그거 정말 큰일이네요!"

"괜찮아—?"

"거울 보다가 멀미 난 거야? 바보구만—."

"…자업자득…."

각자가 감상을 늘어놓는 가운데, 츠유가 냉철하게 어드바이스를 던졌다.

"우선은 창문을 좀 열자. 그리고 옷을 느슨하게 풀어주고 누워있으면 조금은 편해질 거야."

"알았어."

옆자리의 토도로키가 창문을 열고, 아오야마를 눕히기 위해 자리에서 일어나 가운데 팔걸이를 접었다. 아오야마는 스스로 목덜미를 느슨하게 풀고는 "메르시…☆"라며 옆으로 누웠다.

"토도로키, 자리는…. 앗, 내가 바꿔줄게!"

계속 일어서있는 토도로키에게 이즈쿠가 그렇게 말하자, 토도로키는 "괜찮아"라며 쭈그리고 앉았다.
　철컹.
　토도로키는 보조 의자를 펼치더니 거기에 앉았다. 보조 의자는 작고 등받이도 낮다. 말하자면, 등 전체를 기댈 수 없다.
　오도카니 앉아 있는 토도로키를 본 아시도가 해맑게 웃었다.
　"토도로키, 보조 의자랑 너무 안 어울린다—!"
　"그러게 말이야!"
　동의하는 하가쿠레.
　"…보조 의자에 어울리고 안 어울리고가 어디 있어?"
　고개를 살짝 갸웃거리는 토도로키를 보며, 옆자리에 앉아 있던 이즈쿠는 자꾸만 미안한 기분이 들어 자신도 모르게 벌떡 일어섰다.
　"토, 토도로키, 역시 내가 바꿔줄게! 내가 덩치가 더 작잖아!"
　"아냐, 이럴 땐 반장으로서 내가!"
　이즈쿠의 옆에서 이이다도 벌떡 일어나 한손을 붕붕 휘두르기 시작했다. 무의식적으로 손을 움직이는 것은 이이다의 버릇이다.
　"아냐! 이이다가 그러면 더 미안해질 거야!"
　"아니! 이런 때야말로 반장으로서 모두를 서포트해야지! 뭐

SMASH
MY HERO ACADEMIA
나의 히어로 아카데미아

하면 투명 의자 자세로 있어도 괜찮아!"

"투명 의자라면 나도 할 수 있어!"

마치 밥값 계산할 때, "이건 내가", "아니, 내가"라며 티격태격하는 듯한 광경에, 토도로키는 벌떡 일어나 두 사람의 어깨를 두드리며 말했다.

"괜찮아. 의자 같은 건 앉아 있을 수만 있으면 뭐든지 상관없으니까."

"그래, 게다가 지금은 우선 아오야마의 몸 상태가 중요하고."

츠유의 지적에 "그것도 그러네"라며 이즈쿠와 이이다는 시무룩해져 도로 주저앉았다. 토도로키도 다시 오도카니 주저앉았다. 그런 이즈쿠 일행 앞쪽에서 키리시마가 스마트폰을 보며 입을 열었다.

"멀미에 잘 듣는 혈이 있대! 손목에서 손가락 두 개 정도 내려간 부분을 눌러주면 좋다는데?"

보아하니 뭔가 멀미에 효과적인 것은 없나 검색해준 모양이다.

"알았어."

아오야마와 가장 가까이 있는 토도로키가 자연스럽게 그 역할을 떠맡아, 아오야마의 손을 잡으려 했다. 그런데 손가락이 막 닿으려던 순간, 헉하고 그 얼굴이 경직되었다.

"…난 안 되겠어…."

"왜 그래? 토도로키."

심각하게 중얼거리는 토도로키에게 주위의 이목이 쏠렸다. 마치 고해라도 하듯이 숨죽인 토도로키가 자신의 손을 빤히 응시했다.

"내가 하면 손이 망가져버릴지도 몰라…."

"뭐?"

"핸드 크래셔…."

히어로 킬러와 싸웠던 호스 사건 때문에 부상당한 두 사람이 입원했을 때, 후유증이 남아버린 이이다의 손. 그리고 체육대회에서 싸웠을 때 만신창이가 되어버린 이즈쿠의 손. 그것을 떠올린 토도로키가 혹시 자신이 연루되면 상대방의 손이 망가져버릴지도 모른다고 우려한 적이 있다. 당시 이즈쿠와 이이다는 농담으로 받아들였는데, 토도로키는 완전히 진심이었다.

"난 네 혈을 눌러줄 수 없어…. 누군가 대신 해줘."

"…아니, 그 정돈 나 혼자서 할 수 있으니까…. 그보다, 그냥 내버려둬도 되는데…."

"그 다음은… 신경을 분산시키면 좋대!"

키리시마의 그 말에 아시도가 "아! 그렇다면" 하고 목청을 높였다.

"다 같이 순서대로 끝말잇기 하지 않을래?"

아시도의 제안에 이즈쿠는 헉하고 숨을 삼키며 중얼중얼 읊조리기 시작했다.

"그건 확실히 좋은 방법일지도…. 언뜻 보면 단순하지만, 단순하기 때문에 가벼운 마음으로 다양한 단어를 떠올리는 일에 집중할 수 있지. 심지어 단어의 끝 음절로부터 시작하는 단어는 우리가 생각하는 것보다 훨씬 제한적이야. 더군다나 깊이 생각할 시간도 없고. 시간을 너무 끌면 주위에서 재촉하니까. 그 중압감 속에서 생각하지 않으면 안 되지. 생각한다는 행위 자체가 뇌세포를 활성화시켜주고, 정신적인 측면도 단련할 수 있으니…, 일거양득이잖아?"

"오오. 데쿠의 중얼중얼, 오랜만에 보는 것 같아!"

오챠코가 기쁜 듯이 미소를 지었다. "어? 그, 그런가?"라며 쑥스러워하는 이즈쿠 옆에서 이이다가 벌떡 일어나 뒤쪽을 향해 목청을 높였다.

"그러니까 얘들아! 멀미로 고통받고 있는 아오야마를 위해 끝말잇기를 하자!"

"끝말잇기~?"

"무슨 초등학생도 아니고—."

불만스러운 듯한 미네타와 쓴웃음을 짓는 세로에게 아시도가 반론했다.

"뭐 어때~, 끝말잇기! 시간 때우기라면 역시 끝말잇기가 최고지!"

"결국 시간 때우기냐."

"아오야마를 위한 일이야, 아시도! 그리고 모처럼 만의 합숙이니, 이렇게 다 같이 공동 작업을 하는 것도 협동심을 키우는 길이 아닐까?!"

의욕적인 이이다를 보고, 별로 내켜하지 않던 미네타 일행도 "어쩔 수 없지—"라며 승낙했다.

"좋았어. 그럼 가급적 아오야마에게 생각할 시간을 주기 위해서 카미나리, 키리시마, 나, 미도리야…, 이렇게 이쪽부터 차례대로 연결해 나가자."

"오케이. 그럼 맨 처음은 어떻게 할까?"

"임간합숙(갓슈쿠)의 '쿠'가 괜찮지 않을까?"

하가쿠레의 말에 카미나리는 "'쿠'라—"하고 곰곰이 생각한 끝에 "쿠키"라고 말했다.

"그 쿠키가 도무지 머릿속에서 떠나질 않아…."

"그럼 다음은 나네. '키'…, '키'…, 근육(킨니쿠)!"

"'쿠'…, 복사뼈(쿠루부시)! 하루의 끝에 엔진을 점검하면서 꼭 살펴보거든."

"'시'라…. 음~…. 아, 신린 카무이!"

고개를 번쩍 치켜든 이즈쿠를 보며 토도로키가 말했다.

"정말 좋아하는구나, 히어로."

"그럼 다음은 제 차례로군요. '이'…. 위편삼절(이헨산제츠)이요. 독서나 공부에 열심히 힘쓰는 걸 비유한 말이죠."

혼자서 고개를 끄덕이는 야오요로즈 옆에서 지로가 생각에 잠기며 눈살을 찌푸렸다.

"'츠'라…. '츠'…. 아, 투웨이 스피커(츠웨이 스피카)…, 풋."

"왜 그래요?"

"카미나리가 둘로 늘어나 이예~이예~하는 장면이 떠올라서…. 푸후훗."

"멋대로 상상하며 웃지 마—."

카미나리가 앞자리에서 몸을 불쑥 내밀며 항의했으나, 지로는 웃음을 멈추지 않았다. 그 뒤편에서 '개성'인 복제팔에 달린 입으로 쇼지가 말하기 시작했다.

"다음은 나인가…? '카'…, '카'…, 팔(카이나). 다음은 '나'야. 코다."

"'나'…, '나'…, '나'…. 게으름뱅이(나마케모노)…?"

"왜 의문형이야—. '노'란 말이지? '노'—…. 노르망드(노루만도)!"

"그게 뭔데?"

옆에 앉은 미네타가 방금 사토가 말한 단어에 태클을 걸었다.

"프랑스 노르망디 지방 스타일의 요리를 말해. 사과나 버터, 생크림 같은 노르망디 특산품을 사용한 것이지."

"사과…."

사토의 끝말잇기에 토코야미가 좋아하는 사과라는 단어를 듣고 움찔하고 반응했으나, 그것을 알아본 사람은 아무도 없었다.

"그럼 내 차례네. '도'…, 독부(도쿠후). 여자들은 죄다 성질이 고약하지…."

손톱을 잘근잘근 깨무는 미네타에게 옆자리의 세로가 진지한 표정으로 물었다.

"넌 정말 마운트 레이디 밑에서 무슨 일이 있었던 거야?"

"두 번 다시 여자를 신뢰할 수 없게 돼도 괜찮다면 말해줄 수도 있어…."

"아니, 절대 그럴 필요 없어. 가만 있자, 뭐였더라? '후'? 음~, 어떻게 할까―…. 그럼 밀기울(후)!"

"'후'?"

"밀기울 부(麩) 말이야. 그거 알아? 밀기울에는 콜라겐을 생성하는 기능을 활발하게 만들어주는 성분이 들어 있다는 거—."

콜라겐이라는 단어에 하가쿠레가 "굉장하다, 밀기울 먹어야겠네!"라며 반응했다. '개성'으로 투명해져있긴 하지만, 역시 피부를 신경 쓰는 것을 보면 여자는 여자다.

"그런데 되게 잘 아네."

"난 몸에 좋은 음식을 좋아하거든."

"왠지 치사한데, 한 글자 토스."

"헤헤—, 두뇌싸움이거든요? 끝말잇기는."

씨익 웃는 세로에게 오지로는 약간 원망스러운 시선을 날린 다음 생각에 잠겼다.

"'후'라…. '후'…. 아, 봉투(후토우)!"

"뭐야, 되게 평범하네."

"별로 상관없잖아, 평범해도…."

세로가 김샜다는 듯이 말하자, 오지로는 이해할 수 없다는 표정을 지었다. 그 앞자리에서 토코야미는 "한심하긴…"이라고 말하는 것처럼 조용히 지켜보고 있었다.

"다음은 토코야미야."

좀처럼 대답하려 들지 않는 토코야미를 이이다가 재촉했다.

츠유도 좌석 틈새로 얼굴을 빼꼼히 드러냈다.

"'우'야, 토코야미. '우'."

"…축삼시(우시미츠)[심야 2시경. 귀신이 출몰하는 시간]."

오챠코는 어쩔 수 없다는 태도로 대답한 토코야미의 단어에 감탄한 듯이 중얼거렸다.

"오오~, 왠지 토코야미다워. 그럼 다음은 바쿠고…인데 자고 있네."

나하고는 상관없다는 듯이 쿨쿨 자고 있는 바쿠고를 뒷자리에 있는 세로가 잡고 흔들었다. 그 모습을 돌아보던 이즈쿠는 "용감하구나…"라며 세로의 거침없는 행동에 두려움을 느끼면서도 묘하게 감탄했다.

"야—, 바쿠고, 일어나~. 네 차례야~."

"…으헝?"

마구 흔들어대는 손길에 역시나 바쿠고도 눈을 뜨고 말았다.

"네 차례야, 끝말잇기."

"'츠'야. 바쿠고, '츠'!"

모두의 시선을 끌어 모으며 잠에서 깨어난 바쿠고의 눈썹이 불쾌한 듯이 팍 찡그려졌다.

"…아앙? 끝말잇기~?"

"응, '츠'."

태연자약하게 재촉하는 오차코에게 "용감하구나…"라며 이즈쿠는 또 다시 감탄했다. 그런 이즈쿠의 표정이 눈에 들어온 것인지 바쿠고의 혈압이 단숨에 치솟았다.

"시답잖은(츠마라나이) 짓거리 좀 하지 마! 니들이 애냐(카)?!"

"'카'구나?"

차분하게 고개를 끄덕이는 츠유. "멋대로 연결하지 마!"라는 바쿠고를 내버려두고, 비록 단어는 아니었지만 끝말잇기는 계속되었다.

"츠유한테 '카'로 시작하는 말이라면 역시…."

오차코의 말에, 츠유는 잠시 생각한 뒤 입을 열었다.

"개구리(카에루)…로 할까 했는데, 달팽이(카타츠무리)로 할래."

"'리'라~…. '리'…. 여비(료히)!"

칼 같이 단언하는 오차코. 츠유가 좌석 사이로 아오야마를 들여다본다.

"'히'야, 아오야마. 몸 상태는 좀…."

"우후읍…."

아오야마는 여전히 창백한 얼굴로 축 늘어져 있었다.

"아직은 무리인가 봐…. 그럼 토도로키가 먼저 대답해 줄래?"

"아아…. '히'였지…? '히'…, '히'…, '히'…."

지명당한 토도로키가 생각에 잠긴다. 빈약한 표정으로 '히, 히, 히'라고 읊조리는 모습에 모두의 주목이 쏠렸다. 그런 사실은 알지도 못한 채, 골똘히 생각하고 있던 토도로키가 "아"라며 퍼뜩 생각난 듯 고개를 번쩍 들었다.

"빙점(효우텐)."

"…이미 끝나버렸어, 토도로키!"

자신도 모르게 목청을 높인 이즈쿠.

"에이~, 대답하고 싶었는데!"

"아, 미안."

앞자리에 앉은 아시도로부터 툴툴대는 불만 섞인 목소리가 날아들었으나, 토도로키는 별로 신경 쓰는 기색도 없이 마이페이스로 사과했다. 처음부터 다시 시작하듯이 이이다가 말했다.

"그럼 다시 한번 '히'부터 이어보자!"

"잠깐만, 이이다. 어쩌면 아오야마가 계속 끊임없이 답을 생각할 수 있는 놀이가 더 나을지도 몰라. 그래야 신경이 분산될 테니까."

츠유가 여전히 축 늘어져 있는 아오야마를 바라보면서 한 말에 이이다는 "그래, 그것도 일리가 있네"라며 진지하게 고개를 끄덕였다.

"그럼 퀴즈 같은 건 어떨까?"

"오오—, 좋아. 버스타면 역시 이거지."

카미나리의 목소리에 이이다는 "그렇지?"하고 자신감 넘치는 미소를 지으며 입을 열었다.

"그럼 우선 반장인 나부터 퀴즈를 낼게. 답변권은 아오야마가 최우선이지만, 아오야마가 대답하지 못하면 모두에게 평등하게 넘어간다! 그럼 첫 번째 문제. …$(x-1)(x-2)(x-4)(x-7)+16$을 인수분해 하시오!"

"그런 건 퀴즈가 아니라 그냥 공부잖아—!!"

격분하는 카미나리에게, 이이다는 뜻밖이라는 듯이 깜짝 놀라 반박했다.

"고등학생다운 퀴즈잖아?!"

"퀴즈라는 건 좀 더 잡학이랄까, 즐거운 거라고! 미도리야, 시범을 보여줘!"

"어? 내가?! 그, 글쎄…."

이즈쿠는 갑자기 지명당하고 깜짝 놀랐지만, 잠시 생각한 뒤 "그럼 간단한 걸로…"라며 입을 열었다.

"그 옛날, 올마이트 특집으로 구성된 정열 대륙의 밀착 취재 도중, 도로에 튀어나온 개를 올마이트가 구해줬는데 과연 그 개의 이름은 무엇이었을까요?"

"올마이트 본인에 관한 문제인 줄 알았더니만!!"

이즈쿠의 퀴즈에 오챠코가 태클을 날리자, 이즈쿠는 살짝 쑥스러워하듯이 말했다.

"그야 올마이트에 관한 건 다들 알고 있으니까…. 사실은 3년 전 월간 히어로에 나온 올마이트 특집에서 올마이트가 '내가'를 몇 번이나 말했는지, 혹은 그때 차고 있던 넥타이 무늬는? 같은 걸 내볼까도 했는데…."

"아니, 그걸 누가 알겠냐?!"

키리시마가 놀라서 타박하자 오히려 이즈쿠의 눈이 휘둥그레졌다.

"어? 그래?! 다들 막 세고 그러지 않아?! 올마이트의 복장도 체크하고 그러지 않아?!"

"미도리야, 역시 올마이트 오타쿠구나."

오타쿠란 어떻게 보면 자신의 길을 깊게 연구하는 사람. 이즈쿠는 자신의 올마이트애(愛)를 인정받은 듯한 기분이 들어

"에헤헤…"라며 안면이 풀어졌다.

"칭찬받고 있는 거 아니거든?! 이 빌어먹을 범생아!"

행복한 듯 수줍어하는 이즈쿠의 모습에 바쿠고가 이를 드러냈다. 바쿠고의 도화선에 바로바로 불을 붙이는 것은 언제나 결코 어우러질 수 없는 소꿉친구다. 아니, 어쩌면 무의식적으로 자기 자신이 불을 지르고 있는 것인지도 모른다. 그런 물과 기름은 제쳐두고, 이이다가 아오야마에게 말을 걸었다.

"아오야마, 개 이름이래!"

"아니…, 알 리가 없잖아…."

창문으로 들어오는 바람에 머리카락을 나부끼면서 퀭하니 대답하는 아오야마의 발밑에서, 무언가를 계속 생각하고 있던 토도로키가 이즈쿠에게 고개를 돌렸다. 그리고 말했다.

"…포치?"

"아깝다! 폰타였습니다!"

"뭐야, 이 훈훈한 분위기의 퀴즈는."

그렇게 황당한 듯 카미나리가 중얼거린 순간, 불현듯 끼어드는 목소리가 있었다.

"너나 할 것 없이 정말 아무것도 모르는구만."

맨 마지막 줄에서 그렇게 말한 것은 미네타였다. 거만하게 뒤로 활짝 젖힌 자세로 전원을 빙 둘러본다.

"남자의 신경을 분산시키는 거라면 딱 하나밖에 없잖아. 내가 비장의 이야기를 들려주지."

"잠깐만, 야한 얘기라면 하지 마."

불쾌한 듯 눈살을 찌푸리며 지로가 미네타를 돌아보았다. 그 뒷말을 야오요로즈도 이어받았다.

"그래요, 품위 없는 이야긴 하지 마세요."

"난 남자의 신경이 분산되는 이야기라고 말한 것뿐인데?"

"네 입에서 나오는 건 다 에로뿐이잖아!"

"맞아, 맞아—!"

미네타는 그런 여자들의 야유를 무시하는 듯한 표정으로 듣고 흘렸다. 대립된 분위기를 어떻게든 풀어보려고 이이다가 등을 한껏 쭉 펴고 미네타를 돌아보았다.

"그래, 미네타! 여긴 버스 안이야. 듣기 싫어하는 사람이 있는 이상, 억지로 이야기하는 건 반대야!"

"반장…. 나도 TPO를 가릴 줄 아는 남자야. 아니면 뭐? 공포 정치로 학급을 제압하는 게 반장인가?"

"아니! 그런 건 절대 아니고! 난 모두의 의견을 평등하게 존중하고 있어!"

"그럼 말도 안 했는데 무조건 막는다는 건, 좀 이상한 거 아냐?"

"윽…. 그것도 그렇군. 그럼 우선 들어나 보지 않을래?"

청렴결백한 이이다를 구워삶은 미네타, 그리고 그에게 호락호락 넘어간 이이다에게도 여자들의 야유가 다시 시작됐다. 그런 야유 뒤에 숨어서, 일부 남자들이 말없이 기대감을 부풀리고 있었다.

"…그것은 내가 초등학생 때. 비디오 대여점 19금 코너 커튼을 뚫고 들어가려다가, 정확히 100번째 저지당하고 집에 가던 길이었다…."

진지한 표정으로 말하기 시작한 미네타에게 세로가 어이없어했다.

"초등학생 때부터 그랬단 말이야?!"

"시작부터 에로네!"

아시도가 맨 앞줄에서 야유를 보냈으나, 미네타는 "이 정도로 에로라니 가소롭구만!!"이라며 코웃음을 팍 치고는 계속 말했다.

"아무튼 그 비디오 대여점에서 돌아오는 길, 동네 둔치를 걷고 있는데, 내 발밑으로 종이가 날아왔어. 새하얀 A4 종이가…. 야한 책도 아니고, 처음엔 그냥 지나치려고 했지. 그런데 나중에 생각해 보니, 그때 직감이 발동한 거지. 난 왠지 모르게 그 종이를 주워들었어. 뒤집어보니 글자가 빽빽하게 늘어서 있더라. 초등학교에선 배우지 못한 어지러운 한자들이 가득했지. 그래도 난 거기서 심상치 않은 느낌을 받았다."

"뭘 느꼈는데?"

옆에서 물어보는 사토에게 미네타는 대답했다.

"지면에서 배어나오는 열기를. 아무튼 이건 엄청난 물건이라는 생각이 들어, 집으로 몰래 들고 돌아가기로 했어. 하지만 당연히 한자는 읽을 줄 몰랐지. 그래서 필사적으로 옥편을 뒤졌어…. 희롱하다(嬲)…, 핥다(舐)…, 음탕하다(淫靡)…. 거기에 적혀 있던 건 소설의 첫 번째 페이지였던 거야. 남편을 먼저 떠나보낸 미모의 과부가 남겨진 빚을 갚기 위해 뒷세계에 몸을 담그는…."

"초등학생이 읽을 만한 내용은 아니네."

쓴웃음을 짓는 오지로에게 미네타는 콧방귀를 흥, 하고 뀌었다.

"바보 아냐? 문학의 문은 모든 연령에게 평등하게 열려있다구."

"그래봤자 에로 소설이잖아."

경멸하는 시선을 던지는 지로에게 미네타는 더더욱 거친 콧김을 몰아쉬었다.

"관능 문학이지! 잘 들어, 에로와 관능은 하늘과 땅만큼이나 달라. 에로가 양이라면 관능은 음! 에로가 손난로라면 관능은 모닥불! 에로가 온천 스파라면 관능은 산속의 숨은 노천탕! 에로가 패스트푸드라면 관능은 고급 코스 요리! 에로가—."

미네타는 이쪽에 일가견이 있는 듯했다. 끝없이 넘쳐 나올 것 같은 에로와 관능의 비유에, 쇼지의 복제팔에 달린 입이 끼어들었다.

"알아들었으니까 좀 진정해."

"쳇, 한심하구만."

바쿠고는 벌레라도 씹은 듯이 씁쓸한 표정을 지으며 그대로 또 다시 잠에 빠져들었다. 그 옆에서 토코야미도 "동의한다"라며 눈을 감고, 또 다시 명상에 잠겼다.

그런 두 사람에게 개의치 않고 미네타는 이야기를 이어나갔다.

"아무튼 난 그 다음이 궁금해 견딜 수가 없어서, 다음날 둔치에서 그 다음 편을 찾았어. 그랬더니, 마치 어디선가 거기로 날아온 것처럼 종이가 여기저기 떨어져 있더라고. 난 필사적으로 그걸 주웠지. 그런데 그때, 한 중년 노숙자가 다가왔어.

내가 모은 종이를 보더니 '돌려줘…'라면서 손을 내미는 거야. 그래서 난 '이건 내가 주웠으니까 내 거야!'라면서 뛰어 도망갔지."

"뭐―?! 정말로 그 사람 거면 어쩌려고?"

"도둑놈 되는 거지, 뭐."

맨 앞줄에서 미네타를 바라보고 있는 아시도와 키리시마. 미네타는 워워, 하고 그들을 진정시키듯이 작은 손을 거만한 태도로 흔들었다.

"아무튼 들어봐. …그래서 난 집에 돌아와 그 다음 편을 옥편으로 조사해가며 읽었어. 주인공인 과부는 뒷세계 인간들을 상대로 섹시 쇼 댄서로서 숨어 있던 재능을 꽃피우며 두각을 나타내기 시작해. 웨이터와의 사랑, 동업자와의 캣파이트, 오너와의 애인 계약…. 거기서 싹트는 진실된 사랑…."

"어? 그게 뭐야?"

"그런 건 싫지 않은데…."

떨떠름한 태도로 듣고 있던 여자들이 진실된 사랑이라는 단어에 걸려들었다. 사춘기 여자들에게 연애나 사랑은 때로는 달콤한 케이크보다도 더 매력적이기 때문이다.

미네타는 미끼를 덥석 문 물고기를 쳐다보듯이 차 안을 둘러본 다음, 거드름을 피우며 계속 말했다.

“그런데 질투에 미친 웨이터가 주인공을 위해 뒷세계에서 발을 빼려는 오너를 보스에게 밀고해, 오너는 결국 총을 맞고 쓰러져…. 그리고 충격을 받은 주인공을 첩으로 삼아버리는 보스. 주인공은 애욕에 빠져서, 오너의 죽음으로부터 시선을 돌려보려 애쓰지.”

“이해해! 괴로울 땐 뭔가에 매달리고 싶어지잖아!”

“웨이터, 용서할 수 없어.”

고개를 끄덕이고 있는 듯한 하가쿠레와 번뜩이는 격투가의 눈빛으로 변한 오챠코. “그런데 무슨 보스야?”라며 카미나리가 고개를 갸웃거렸다.

“하지만 갈수록 과격해져가는 그 애욕의 세월 속에서 먼저 당혹감을 느낀 건 보스 쪽이었어. 어느 새 주인공을 향해, 이제껏 느껴본 적 없는 사랑이란 감정이 싹트게 된 거지….”

감정을 담는 미네타의 목소리에 지로가 의아해하며 말했다.

“어? 사랑이 너무 자주 싹트는 것 아냐?”

“아니, 난 알아! 남자란 생물은 순정적이거든!”

키리시마가 뜨겁게 주먹을 불끈 거머쥐었다.

“주인공은 그런 보스의 감정을 깨닫지 못해. 그가 자신에게 질렸다고 착각한 후, 닥치는 대로 남자들을 유혹하지. 그리고 마치 자신에게 벌을 주듯이 남자들의 꼭두각시로 변해갔어….”

“안 돼—! 자신에게 상처 주지 마! 소중히 여겨—!”

카미나리가 주인공의 망측한 꼴을 상상한 것인지 가슴 아픈 듯이 소리쳤다. 언뜻 언행이 가벼워 보여도, 남자는 역시 순정적인가 보다.

“그런데 그런 주인공에게 뜻밖의 인물이 손을 내밀었어—.”

일부를 제외한 청중들은 경지에 오른 미네타의 이야기에 완전히 몰입해, 기대하며 소리를 높였다.

“응, 응!”

“그래서, 그래서!”

그러나 그런 기대를 배신하듯이 미네타가 말했다.

“…거기서 종이가 떨어졌어.”

“정말이야?! 어떻게 된 거야, 주인공!”

토막 난 이야기에 자신도 모르게 소리를 지르는 키리시마. 모두의 기대를 한 몸에 받으며, 미네타는 그 다음을 더욱 기대하라는 듯이 씨익 웃었다.

“그래서 난 다음 편을 찾아 또 다시 둔치로 갔어. 눈에 불을 켜고 찾아봤지만, 그 다음 편은 좀처럼 발견할 수 없었지. 그걸 주운 건 벌써 며칠 전 일이니까. 포기하고 돌아가려던 그때, 그 중년의 노숙자가 또 다시 나타난 거야. 그 아저씨가 한

장의 종이를 내밀었어. '네가 찾고 있던 건 이거 아니니?'라면서. 그건 그 소설의 다음 편이었지. 물어봤더니, 놀랍게도 이 소설을 쓴 건 그 아저씨라는 거야."

예상을 벗어난 전개에 카미나리가 자신도 모르게 몸을 불쑥 내밀었다.

"뭐엇? 정말?!"

"얘기를 들어보니, 아저씨는 옛날부터 관능 소설가가 되고 싶었대. 그런데 용기가 없어 계속 혼자서만 쓴 거지. 그러던 어느 날, 드디어 회사를 때려치우고 소설가가 되겠다고 가족들에게 선언했어. 당연히 가족들은 맹렬히 반대했고. 아저씨는 도저히 참지 못하고 가출해서, 2주일 전부터 둔치에서 살고 있었던 거래."

"어른이 가출하는 건 좀 그렇지 않나요? 현실에서 도피해버리면 이루어질 꿈도 안 이루어져요."

"에이, 너무 그렇게 말하지 마. 그래서 외톨이가 된 아저씨는 가족의 반대를 떠올리며 완전히 자신감을 상실했어. 이제 그만 꿈은 포기해버리자고 생각하며 그간 써뒀던 소설을 버리려고 한 그때, 장난꾸러기 같은 바람이 원고용지를 날려버린 거야. 그리고 그 중 한 장이 내 발밑으로 날아온 거고. …난 아저씨에게 말했어. 옥편으로 한자를 찾아가며 읽을 정도로 당신의 소설은 에로… 아니, 재미있다고!"

"방금 에로라고 했지?"

그 말을 정확히 들은 지로의 태클을 미네타는 화려하게 패스했다.

"내가 뜨겁게 감상을 늘어놓자 아저씨는 눈물을 흘리며 기뻐했어. '이로써 겨우 꿈을 포기할 수 있게 됐다'라며…. 난 말했지, 울면서 '이 바보야—'라고. 이렇게 흥분되는 소설을 앞으로도 계속 써서 날 즐겁게 해달라고…. 가능하다면, 가슴 묘사를 좀 더 늘려달라고…!"

"바보는 너야."

세로의 태클도 미네타는 화려하게 패스했다.

"그래서 아저씨는 자신감을 되찾았어. 다시 한번 도전해 보겠다며 웃는 낯으로 악수하고 헤어졌지. …그로부터 1년 후, 아저씨는 뛰어난 신인 관능 소설가로 데뷔했어."

"오오—! 대단한데?!"

"이번에 V시네마에서 그 사람의 작품이 영상화되기도 해! 아마 19금 코너에 들어갈 테니까, 내가 볼 수 있는 건 아직 먼 훗날이겠지만."

아저씨의 꿈이 이루어졌다는 사실을 알고 차 안에 순간적으로 훈훈한 분위기가 감돌았다. 그런데 키리시마가 고개를 살짝 갸웃거렸다.

"결국 에로 이야기가 아니었던 거지…?"

그 말에 이즈쿠도 동의하듯이 고개를 갸웃거렸다.

"뭐랄까…, 미묘하게 훈훈한 이야기 같기도 하고…, 아닌 것 같기도 하고…."

뭔가 덜 소화된 듯한 느낌을 받은 일부 남자들이, 뭐라 형언할 수 없는 표정으로 고개를 갸웃거렸다. 하가쿠레가 "얘, 얘!"라며 말을 걸었다.

"그래서, 그 소설의 다음 편은 어떻게 됐어?"

그런 하가쿠레의 목소리에, 그 즉시 미네타의 얼굴이 성욕으로 얼룩졌다. 핏대 선 눈과 칠칠치 못 한 입매로 음탕하게 씨익 웃으며 말했다.

"…흐흐, 궁금하면 우리 집에 오든가. 아저씨의 사인이 있는 책을 보여줄 테니까."

"우앗, 저질—!"

노골적인 유혹에 또 다시 여자들의 야유가 되살아났다. 미네타는 그 야유를 마치 남자의 훈장이라도 되는 양, 시원스럽고 얄미운 표정으로 받아들였다. 그리고 이야기를 다 마치고 만족한 것인지, 마치 승리의 축배처럼 집에서 가져온 주스를 꿀

껵꿀꺽 들이마셨다.

그런 가운데, 츠유는 아오야마를 들여다보았다.
"아오야마, 몸 상태는 좀 어때?"
"…오히려 더 나빠진 것 같아…."
아오야마의 신경은 전혀 분산되지 않은 모양이다. 츠유는 그 모습을 보다 못해, 생각에 잠기더니 입을 열었다.
"그럼 이번엔 내가 신경이 분산되는 이야기를 해줄게. 이 이야기를 했을 때, 남동생이 진지하게 들어줬거든."
"오오—, 츠유가?"
키리시마는 흥미가 동한 것처럼 돌아보았다. 츠유는 "응" 하고 고개를 끄덕인 뒤, 천천히 이야기하기 시작했다.
"…내가 아직 어렸을 때 일이야. 난생 처음으로 혼자서 시골 친척 집에 내려가 잤어. 두 살 위인 언니가 있어서 맑고 얕은 개울에서 같이 물놀이도 하고, 매미도 찾고, 해바라기 밭에서 숨바꼭질도 했지."
"우와—, 좋았겠다."
오챠코가 이상적인 시골 풍경을 떠올리며 흐뭇하게 얼굴을 풀었다. 그리고 다른 사람들도 미네타의 얘기와 달리, 이번에는 따뜻한 이야기일 것 같다며 마음을 편히 먹었다.

"그렇게 놀고 있는데, 동갑 정도 되는 여자애가 '같이 놀자'라며 다가왔어. 나야 당연히 흔쾌히 승낙했지. 왜냐하면 다 같이 노는 편이 훨씬 즐거우니까. 게다가 새로운 친구가 생겨서 너무 기쁘기도 했고. 그런데 얼마 후 언니가 뭔가 용건이 생각났다고, '너 먼저 집에 가있어'라며 가버렸어."

"뭐—? 츠유 너만 놔두고?"

"집이야 바로 코앞이었으니까. 하지만 나랑 그 아인 아직 돌아가고 싶지 않아서, 둘이서 더 놀았어. 그 아이는 굉장히 씩씩한 아이였고, 우린 날이 저물 때까지 놀았지. 한참 후, 아무래도 이젠 돌아가야 될 것 같다고 말했지만, 그 아이는 아직 더 놀고 싶다고 했어."

"어렸을 땐 계속계속 놀 수 있으니까."

응, 응, 하고 고개를 끄덕이는 키리시마를 보며, 이이다는 눈살을 약간 찌푸렸다.

"하지만 너무 늦어지면 친척 분들이 걱정하시잖아."

"응, 나도 그럴 것 같아서 내일 또 보자고 말했는데, 그 아이는 더 놀고 싶다며 엉엉 우는 거야. 그래서 난 조금만 더 놀아주기로 했지. 그랬더니 그 아이가 너무나 기뻤는지, 비밀 장소로 데려가주겠다는 거야. 반딧불이를 잔뜩 볼 수 있다고."

"반딧불이라~, 환상적이다."

황홀한 어조로 말하는 하가쿠레에게 아오야마가 고개를 약간 들어올렸다.

"반딧불이보다 내 거가 더 눈부셔…."

"오옷, 아오야마가 반응했다."

아시도가 갓 태어난 아기사슴처럼 달달 떨면서 말하는 아오야마를 지켜보았다. 아오야마는 설령 몸 상태가 안 좋아도, 빛나는 물체에는 무조건 반응하는 것 같다.

아무튼 미네타가 이야기할 때보다 적극적으로 듣고 있다는 것만은 확실하다. 그것을 확인하고 츠유는 계속 말했다.

"그래서, 그 아이의 손에 이끌려 산 쪽으로 들어갔어. 좁다란 길과 조그맣고 빨간 신사 입구의 기둥문을 지나서. 주위는 점점 어두워졌지만, 혼자가 아니라서 무섭지 않았어. 그렇게 한참을 걸어가 도착한 그 비밀 장소에는 어마어마하게 많은 반딧불이가 춤을 추고 있더라. 마치 빛의 비처럼 보일 정도로."

"와아아, 보고 싶다~!"

녹음이 짙은 산속에서 춤추는, 달을 응축시켜놓은 듯한 그윽한 빛들이 여기저기서 사라졌다가 나타나고, 나타났다가 사라진다. 눈을 깜빡이는 것조차 잊어버릴 듯한 빛의 난무.

다들 그런 광경을 저마다 마음속으로 떠올리며 황홀해 했다. 그런 가운데 아오야마가 또 다시 달달 떨면서 중얼거렸다.

“내 거가 더 빛의 비….”

그런 야오야마와 친구들을 빙 둘러보더니, 츠유는 다음 이야기를 계속하기 위해 살며시 숨을 들이마셨다.

“—너무 아름다워서 한참동안 쳐다봤던 것 같아. 그러던 중, 날 찾는 친척들의 목소리가 들렸어. 그래서 우리 둘은 부리나케 산에서 내려왔지. 서두르면서 ‘비밀 장소, 알려줘서 고마워’라고 그 아이한테 말했더니, ‘절대 비밀이야’라며 웃었어. 두 사람만의 약속이었지. 그리고 산에서 나와 친척들 곁으로 달려갔어. 언니도 엉엉 울면서 걱정해줬고…. 그런데 언니가 이렇게 물어보는 거야. ‘이제껏 혼자서 논 거야?’라고. 난 ‘얘랑 같이 놀았어’라며 뒤를 돌아봤지. 그랬는데… 거기엔 아무도 없더라고.”

“뭐?”

마지막 한 마디로 돌변해버린 분위기에 모두의 얼굴이 굳어버렸다.

“어느 새 돌아가버린 거라고 생각했는데, 언니한테 그 아이 얘길 물어봐도 모른다는 거야. 계속 언니랑 나, 둘이서만 놀았다고.”

"그건 혹시…."

"나중에 들었는데, 그 지역에선 옛날부터 어린애가 종종 실종을 당하곤 했대. 어쩌면 산에서 죽은 아이가 친구를 찾고 있었던 건지도 몰라. 같이 반딧불이를 보고 있을 때, 그걸 붙잡으려고 했더니 막 화내면서 이렇게 말했거든. '그러다 너도 반딧불이가 된다'고…. 아참참, 그 다음날 그곳을 다시 찾아보려고 했는데 좁다란 길도, 조그맣고 빨간 기둥문도 보이지 않았어. 거긴 도대체 뭐였던 걸까…?"

담담한 츠유의 목소리가 오히려 공포심을 부추겼다. 으스스한 것에 약한 지로와 하가쿠레, 그리고 오챠코가 절규했다.

"…히익!!!"

"우갸악—!!"

"무서운 이야기면, 무서운 이야기라고 미리 말해줬어야지—!!"

따뜻한 타입의 이야기인 줄 알고 듣다가 어느 새 스르륵 괴담 전개로 빠지자, 여자들뿐만 아니라 남자들의 얼굴도 새파랗게 질려버렸다.

"이제 곧 숲속에 들어가는데…."

"산, 큰일 났다…. 우리도 실종당하면 어떡해…."

"어라? 이게 그렇게 무서운가? 내 남동생은 재미있어하며 들어주던데?"

"…너희들, 왜 이렇게 시끄럽냐? 이제 곧 버스 멈춘다."

이 사태로 역시나 잠에서 깨어버린 아이자와가 언짢은 듯 뒤를 돌아보자, 차 안은 순식간에 수업 전의 교실처럼 조용해졌다.

아이자와의 말대로 잠시 후 버스는 휴게소도 뭐도 없는 주차공간에서 멈추었다. 창문으로 보이는 경치 속에 건물 같은 건 눈에 띄지 않았고, 시야가 닿는 곳은 온통 산뿐이었다.

"얼른 내려."

아이자와의 재촉에 저마다 휴식이냐며 기지개를 켜고 일어났다. 주스를 너무 많이 마신 미네타가 "오줌 마려워"라며 몸을 부르르 떨었다.

"끄~응…."

아오야마가 나른한 듯 몸을 일으키는 것을 보고, 츠유가 말을 걸었다.

"어때? 아오야마. 신경은 좀 분산됐어?"

"분산되진 않았지만, 반딧불이보다 내가 더 눈부시거든…?"

아오야마는 그렇게 말하면서, 손거울을 들여다보고 머리를 매만졌다.

"그래그래. 몸 상태가 안 좋아도 스타일 관리만은 대충대충 하지 않다니, 존경스럽다."

"그거야 당연한…응? …으잉?"

거울을 바라보던 아오야마가 불현듯 깨달은 것처럼 어깨를 위아래로 움직이고 배에 손을 갖다 댔다. 그것을 본 아시도 일행도 "아오야마, 괜찮아—?"라고 말을 걸었으나, 정작 본인은 천연덕스러운 태도로 말했다.

"…왠지 다 나은 것 같아☆"

조금 전까지만 해도 안 좋았던 안색이 한결 나아져 있었다. 윙크도 여느 때처럼 숙련된 솜씨고.

"버스가 멈춰서 그런가?"

아오야마는 어리둥절해서 고개를 갸웃거리는 츠유에게 늘씬하니 가는 검지를 착 세우며 "농농☆" 하고 고개를 옆으로 흔들더니, 평소처럼 아니꼬운 미소를 지었다.

"내 아름다운 얼굴을 봤기 때문이야☆"

완전히 부활한 듯 평소처럼 살짝 짜증나는 아오야마를 보고, 다들 버스에서 내리면서 "뭐야, 사람 걱정시키더니—", "내 걱정 물어내"라며 말을 걸어왔다. 아오야마도 그들과 함께 여유

있는 태도로 버스에서 내렸다.

"…개굴개굴…."

"왜 그래? 츠유."

불평을 늘어놓는 친구들의 모습을 보며 웃는 츠유에게 오챠코가 말을 걸었다.

츠유에겐 그 광경이 너무나도 흐뭇하게 보였던 것이다. 끝말잇기도 하고, 퀴즈도 내고, 이야기도 하고…. 저 불평은 아마 걱정을 반대로 표현한 것 아닐까.

"이러니저러니 해도 다들 참 착해."

입학한 지 아직 반년. 그러나 매우 밀도 높은 시간을 보내온 반 친구들의 새로운 일면을 볼 수 있었던 것 같다. 그리고 앞으로도 그런 시간을 더 많이 보낼 거라고 생각하니, 츠유는 이번 합숙이 더더욱 기대되는 기분이 들었다.

"거기, 빨리 와라."

마지막에 남은 츠유와 오챠코에게 아이자와가 말했다. 두 사람은 허둥지둥 버스에서 내렸다. 그리고 드넓은 하늘, 광대한 산들을 감상하면서 신선한 공기를 마음껏 들이마셨다.

산으로 이어지듯, 눈 아래에 펼쳐진 숲은 매우 울창했다.

한가로운 소풍 기분에 잠긴 1-A 멤버들은 몇 분 후, 설마 그곳에 자신들이 내팽개쳐질 거라고는 눈곱만큼도 상상하지 못했다.

이제 드디어, 시련이 마구잡이로 주어지는 임간합숙이 시작되려 하고 있었다.

Part.3
엿보기 외길인생

남자는 작은 문을 빠져나가자 찾아온 희미한 어둠 속에서 가만히 숨을 죽였다.

자신의 존재를 어둠에 동화시키기 위해서.

다음 작업이 이 계획의 핵심이다. 수백 번이나 머릿속에서 시뮬레이션을 반복했다. 여기서 실패하면, 모든 것이 수포로 돌아간다. 냉철한 판단력과 재빠른 실행이, 이 작업을 성공시키기 위한 열쇠이다.

발밑의 축축한 땅은 대낮의 더위를 덜 놔준 것인지 약간 따뜻했다.

아니, 어쩌면 자신의 열기가 옮겨간 것인지도 모른다. 남자는 그런 생각이 들자 얄궂은 미소를 지었다.

자신의 미숙함을 인식한 남자는 신경을, 그리고 육체의 열기마저 컨트롤 하고자 정신을 날카롭게 곤두세웠다.

남자에겐 성공시키지 않으면 안 되는 계획이 있었다.

그것을 위해서라면. 설령 목숨을 잃는다 해도 남자는 웃으며 죽을 수 있을 것이다.

양쪽에 우뚝 서있는 높은 벽 사이로 남자의 귀에 들려오는 것은, 밤바람에 흔들리는 나무들의 술렁임과 희미하게 파도치는 물소리. 그것들이 벽 너머에 아무도 없다는 사실을 알려주고 있었다.

그 어떤 계획에도 쓸데없는 시간은 끼워 넣지 않았다.

남자는 자신의 정신적 호수가 마치 거울처럼 고요하다는 사실을 감지할 수 있었다. 다음 순간, 그 수면을 흔들지 않도록 쓸데없는 동작 따위는 일체 하지 않고, 약간 부풀어 오른 옷 틈새로 손을 뻗어 숨겨 놓았던 기구를 꺼내들었다. 소형 드릴이다. 사전에 미리 목표로 정해놨던 목제 벽에 그 뾰족한 끝을 갖다 대었다.

키리릭, 하고 금속이 목제를 갉아먹는 소리가 주위에 울려 퍼졌다. 좁은 공간 속에서 그 소리가 유독 크게 들렸으나, 남자는 그것에 당황하지 않았다. 여기서 망설인다면 이곳에 올 자격도 없는 것이다. 남자의 각오는 이미 오래 전에 단단히 굳어 있었다.

파칭.

남자의 손에 전해지던 압력이 사라졌다. 드릴의 앞부리가 벽을 관통한 것이다.

관통. 그 단어에 남자는 되살아날 뻔한 몸의 열기를 억지로 짓눌렀다. 계획은 신중하게 진행하지 않으면 안 된다고, 자신을 타이른다.

불과 5mm 정도 뚫린 구멍을 통해 벽 밖의 불빛이 희미한 어둠 속으로 새어 들어왔다.

남자의 눈에는 그 베일처럼 아련한 불빛이, 마치 무거운 구름 틈새로 햇살이 새어나오는 박명광선(薄明光線)인 것처럼 비쳤다. 박명광선은 천국의 계단이라는 별명으로도 불리고 있다.

'아아, 그래, 이 빛 너머에 있는 것은 분명 천국이겠지.'

남자는 목젖을 꿀꺽 울리며 소형 드릴을 내려 놓고, 자꾸만 흥분으로 떨리려 하는 몸을 이끌고 다가가 살며시 구멍을 들여다보았다.

확 트인 시야 앞에 펼쳐져있는 것은 희미하게 수증기가 피어오르는 노천탕.

엿보고 있는 남자는 다름 아닌 성욕의 화신 미네타 미노루다. 별 것도 아니다. 계획이란 여자 노천탕을 엿보는 일이었다.

미네타는 입학하기 전부터 이날만을 기대하고 있었다. 아니, 본능에 따른다면 태어나기 전부터라고 해도 과언이 아니다.

여자의 몸. 그 말을 떠올리는 것만으로 미네타는 자신이 살아 있다는 것을 실감하고, 태어난 의미를 깨달았다. 여자의 몸은 모든 남자의 고향인 것이다. 본가로 귀성하는 일에 무슨 망설임이 있으랴.

그러나 안타깝게도 본가의 문은 단단하다.

미네타가 들여보내달고 문을 두드릴수록, 그 보안 시스템은 미네타를 수상한 인물로 인식한다. 두드리면 두드릴수록, 소란을 피우면 피울수록, 미네타는 수상한 인물에서 더욱 강등당해, 종국에는 범죄자로 등급이 매겨지고 만다.

하지만, 그렇다 해도 미네타는 포기하는 법을 모른다.

본가에 들여보내주지 않는다면, 최소한 밖에서라도 본가를 바라봐야겠다. 그렇게 바라는 것은 자연적인 흐름이었다.

그리고 기다리고 기다리던, 그토록 염원하던 합숙 첫날을 맞이한 것이 바로 어제.

어제는 부푼 기대감을 안고, 그리고 본능이 이끄는 대로 남탕에서 벽을 뛰어넘으려 했다. 그러나 한 장의 벽인 줄 알았던 그곳은 무려 이중벽이었고, 그 사이는 약간 비어 있었다. 그리고 당연한 일인 양 올라가던 미네타는 그 사이에서 대기하고 있던 이즈미 코타에게 저지당한 것이다.

코타는 합숙소인 개다래장을 운영하고 있는 와일드 와일드 푸시캣츠의 일원, 만덜레이의 조카다. 와일드 와일드 푸시캣츠는 산악 구조 등을 전문으로 하는 히어로 집단이다.

이번 합숙의 목적은 긴급 상황시 '개성' 행사의 한정 허가증인, 히어로 활동 인가 자격의 임시 면허를 따기 위한 강화 합숙이었다. 통상적으론 2학년 전반기에 취득하는 것으로 예정돼 있는 것이지만, 활성화되기 시작한 빌런을 상대로 자구책을 안겨줘야겠다는 학교의 판단 때문에 당겨진 것이었다.

이튿째인 오늘, 아침 5시 반부터 철저하게 '개성'을 신장시키는 훈련을 받은 뒤지만, 밥과 디저트가 딴 배에 들어가는 것처럼 미네타의 체력도 여자의 몸을 위해서라면 얼마든지 샘솟았다.

아무튼 미네타에겐 예상치 못한 이중벽이었으나 그래도 빈틈은 없었다. 미네타는 이 순간을 대비해 시험이 끝난 이후부터 다양한 준비를 해온 것이다.

자물쇠가 달려있는 벽 사이로 통하는 문을 피킹 기술로 따고 침입해 들어가, 벽에 미리 준비해온 소형 드릴로 구멍을 뚫었다.

참고로 어제 미네타가 여탕을 엿보려 했던 사건이 큰 문제가 되어, 역시나 남자와 여자의 입욕시간은 서로 엇갈리게 되었다. 먼저 후닥닥 씻고 나간 남자들이 옆에 있는 노천탕에 올리는 없다. 그리고 A반 남자와 B반 남자들끼리 뭔가 왁자지껄 난리를 치고 있었으니, A반 남자가 미네타를 찾으러 올 일도 아마 없을 것이다. 말하자면, 미네타에겐 절호의 기회인 셈이다.

미네타는 구멍의 시야를 확인한 뒤, 거기서 떨어져 살포시 눈을 감고 때를 기다렸다. 벌써부터 눈을 초롱초롱 빛냈다가는 막상 본방이 닥쳤을 때, 아이자와 선생님처럼 안구 건조증이 생길지도 모른다. 이것은 최선의 상태로 최고의 장면을 보기 위해서다.

미네타의 머리 위에는 가늘고 길게 도려져 나간 밤하늘이 펼쳐져 있었다. 도시와 달리 그 밤하늘은 깊고, 별은 무수히 그 자태를 드러내고 있었다. 그리고 작은 보석 파편처럼 반짝반짝 빛났다.

나무들의 술렁임. 야행성 새의 울음소리. 푹푹 찌는 듯한 흙냄새. 작은 벌레의 숨결.

이 여름밤의 모든 것을 미네타는 무의 경지로 받아들였다.

해탈이라도 할 것만 같은 그때, 미네타의 귀에 기쁜 소식이 날아들었다.

실내탕에서 노천탕으로 가는 문이 드르륵 열리는 소리가 난 것이다. 미네타는 빛의 속도로 구멍을 들여다보았다.

"?!"

미네타는 경악했다. 아까까진 희미하게 피어오르는 정도였던 수증기가 바람에 부채질이라도 당한 것인지, 뭉게뭉게 피어올라 시야가 온통 하애진 것이다.

'이 빌어먹을 수증기…!!'

지옥에나 떨어지라는 듯, 수증기를 저주하는 미네타. 그러나 그 수증기 너머로 뿌옇게 사람의 실루엣이 보였다.

"아—, 역시 노천탕은 좋구나."

"피로가 확 풀리네요."

"응."

그 목소리를 미네타는 순식간에 분석했다. B반 반장인 켄도와 넝쿨 '개성'을 가진 시오자키 이바라, 그리고 검정 보브 커트의 코다이 유이다. 그 외에도 여러 명이 신나게 떠드는 목소리가 들려왔다.

그렇다, 미네타의 오늘밤 타깃은 B반 여자들이었다. A반 여자들은 어젯밤 사건도 있어 그를 부모의 원수처럼 경계하고 있으니 패스하고, 목표를 B반 여자들로 맞춘 것이다. 미네타는 여자들에 대한 체크를 거르는 법이 없다. B반 여자들의 수준은 상당히 높아, 상대로서 부족함이 없다.

"어라? 유이, 등에 상처 났는데? 살짝."

"응?"

"혹시 아까 내 넝쿨이 닿는 바람에…. 미안해요!"

"우웅—."

"괜찮대."

벌거벗은 여자가 다른 여자의 등을 확인하고 있다. 미네타는 수증기 너머의 광경을 떠올렸다.

『이바라는 의외로 가슴이 좀 있구나.』

『그런가요?』

『응.』

『주무르면 커진다는 게 사실일까—? 좋았어, 시험 삼아 한번 주물러봐야지.』

『앗, 잠깐….』

미네타의 뇌 속에선 백합꽃이 흐드러지게 피어나려 하고 있었다. 천국이다. 파라다이스다. 차라리 자신도 여자가 되어, 시치미 뚝 뗀 얼굴로 저기에 가세하고 싶다는 생각마저 들었다.

그러나 분개심과 함께 꾹 참는다. 왜 여자의 몸을 눈앞에 두고도 망상으로 보완하지 않으면 안 되는 것인가, 라고.

"크…, 후—읍!!"

미네타는 크게 숨을 들이마시고, 구멍을 통해 성대하게 숨을 불어넣었다. 수증기를 밀어내기 위해서다. 얼굴이 새빨개지도록 불고 나서 엿보고, 불고 나서 엿보기를 반복한다. 여자의 몸을 보기 위해서라면, 그 어떤 노력도 아끼지 않는 것이 미네타라는 남자였다.

"……!!"

약간 수증기가 걷힌 건가, 미네타가 산소 부족 상태에 빠져 어질어질한 머리로 그런 생각을 하고 있을때, 미네타의 시야에 이쪽으로 다가오는 여러 명의 실루엣이 보였다. 미네타는 머리에 산소가 부족하다는 사실마저 순식간에 잊어버렸다. 이대로 다가와준다면, 아무리 수증기가 진해도 흐릿하게나마 태어난 본연의 모습을 알현할 수 있을 것이다.

미네타는 숨을 죽이고 눈을 초롱초롱하게 빛냈다. 이러다 뚝 떨어지는 게 아닌가 싶을 정도로, 충혈된 눈을 동그랗게 치켜떴다.

그런데 그때, 여기에 있을 리가 없는 목소리가 들려왔다.

"아—…, 이런 곳에 구멍이…. 막아야겠네."

"그 전에 벌부터 줘야지."

다음 순간, 미네타의 눈에 익숙한 충격이 푹 날아와 꽂혔다.

SMASH
MY HERO ACADEMIA
나의 히어로 아카데미아

구멍 너머에서 날아온 것은 지로의 '개성'인 이어폰 잭. 예전에 탈의실에서도, 미네타는 이것에 당한 적이 있다.

두근!!!

"우갸아아아악!!"

간발의 차도 없이, 곧바로 지로의 심장 소리가 주입되자 비명을 지르는 미네타. 그러나 붙잡힐 수는 없었다. 지금이라면 아직 증거 불충분으로 끝까지 도망칠 수 있다고 여기며, 미네타는 비틀거리면서도 출구로 향하려 했다. 그러나 맹추격의 손길은 늦춰지지 않았다.

츄와아아악…!

구멍으로 주입된 액체가 벽을 녹이면서 미네타에게 쏟아졌다.

"크아아아악?!"

녹아내린 벽 너머로 보이는 것은 아시도였다. '개성'인 산으로 벽을 녹이고 미네타에게 뿌려 벌을 준다.

그곳에 있는 것은 그 두 사람뿐만이 아니었다. A반 여자들과 B반 여자들이 전원 집합해 있었다.

아까 B반 여자들의 대화는 미네타를 방심시키기 위한 연기였고, 뭉게뭉게 피어오른 수증기는 야오요로즈가 드라이아이스를 만들어내 눈가리개로 사용한 것이었다.

"역시 경계하길 잘했네요."

그렇게 탄식하는 야오요로즈 옆에서, 켄도가 "정말 고마워"라며 A반 여자들에게 인사했다.

"미네타, 엿보긴 안 돼!"

"이러다 언젠가 체포당할 거야, 미네타."

"앗, 드릴까지 갖고 왔어! 너무 용의주도하잖아."

따지고 덤벼드는 여자들을 보더니, 막 도망치려던 미네타의 얼굴이 천천히 일그러지기 시작했다. 눈 깜짝할 사이에 그것은 분노에 찬 표정으로 돌변했다. 그리고 소리쳤다.

"목욕탕에서 옷을 입고 있다니, 룰 위반이잖아!!!"

"…뭐엇?!"

여자들은 당연히 옷을 입고 있었다. 경계하며 순찰을 돌려고 온 것이니 당연한 일 아닌가.

"난 여행 프로그램에 나온 온천에서, 목욕수건을 사용하는 탤런트도 인정하지 않는다고—!!!"

반성보다도 성욕. 너무도 제멋대로인 미네타의 주장이 여자들의 도화선에 불을 지폈다.

"저…질—!!"

"룰 위반은 네가 했지!!"

"뭐어?! 원한다면 내가 벗어서 견본을 보여주—."

그렇게 말하려던 미네타의 시야에 거대한 손이 풀스윙으로 날아들었다. 켄도의 '개성'인 큰 주먹이다.

"끄헉!!"

트럭에 치인 듯한 충격과 함께 미네타의 몸과 의식이 훅 날아갔다.

"……음냐?"

미네타가 눈을 뜨자, 동그란 눈동자의 랙돌이 그를 들여다보고 있었다.

"아하하하하하! 깨어났니? 만달레이, 픽시 밥, 얘 일어났어—!"

랙돌이 돌아보며 소리치자, 곧바로 만달레이와 픽시 밥이 달려왔다. 미네타는 주위를 둘러보려 했으나, 이내 몸이 움직이지 않는다는 사실을 깨달았다. 밧줄로 꽁꽁 묶여 있었던 것이다. 웬만해선 풀릴 것 같지도 않다.

"미안하지만 그건 풀어줄 수 없어. 이레이저가 가차 없이 이러라고 했거든."

타박하듯이 말하는 만덜레이의 옆에서 픽시 밥이 기막힌 듯 웃었다.

"와아—, 그래도 벽에 구멍까지 뚫어가며 여탕을 엿보려 드는 고등학생이 진짜로 있을 줄이야."

그 말에 미네타는 여탕을 엿보려다가 들켜서, 훅 날아갔던 기억이 떠올랐다.

'그 녀석들, 신성한 목욕탕을 뭐로 보는 거야…! 목욕탕에 들어갈 땐 당연히 홀딱 벗어야지…!'

기절했다가 깨어났어도 미네타는 미네타였다. 그 분개를 떠올리고 콧방귀를 흥 뀌면서 주위를 둘러보니, 사무용 책상과 소파 등이 놓여 있었다. 아무래도 합숙소의 사무실인 것 같다.

"…자, 그럼 우리도 슬슬 씻으러 가볼까?"

"그래—. 얼른 땀을 씻어내서 개운해지고 싶어."

"목욕~."

만덜레이 일행의 대화에 미네타는 헉하고 놀라 그들을 올려다보았다.

올려다본 만덜레이 일행의 옷차림은 여전히 와일드 와일드 푸시캣츠의 의상이었다. 밑에서 바라본, 그들 각자가 지닌 두 개의 봉우리. 즉, 가슴에 미네타는 매료되었다.

왜 산에 올라가는 거냐고 물어보면 등산가는 이렇게 말한다.

그곳에 산이 있으니까.

왜 성희롱을 하는 거냐고 물어보면, 미네타도 말할 것이다. 그곳에 가슴이 있으니까, 라고. 그리고 여자들은 이렇게 말하겠지. 그딴 것 알 게 뭐냐고.

만델레이는 미네타의 시선을 감지하고, 기가 막힌 듯 한숨을 내쉬었다. 거기에는 성인의 여유가 깃들어 있었다. 역시나 그 시선을 알아차린 픽시 밥이 놀리듯이 씨익 웃으며 말했다.

"같이 씻을래? 후후, 뻥이야—."

"얘, 놀리지 마. 미네타, 우리 목욕이 끝날 때까진 여기에 있어야 해."

"문도 잠가버릴 거야—."

"잘 있어~."

그렇게 말하고, 만델레이 일행은 미네타를 놔두고 나갔다. 철컥하고 문을 잠그는 것도 잊지 않았다.

"……."

귀를 기울여 발소리가 완전히 들리지 않게 되자, 미네타는 밧줄에서 빠져나가려고 몸을 비틀었다.

"크…, 끄으으~응."

역시나 빡빡하게 묶여 있어서 쉽게는 빠져나갈 수 없을 것… 처럼 보였던 그때, 어떤 마법을 부린 것인지 미네타는 밧줄에서 스르륵 빠져나왔다.

미네타는 혹시 이런 일도 있을까 싶어, 밧줄 탈출 방법을 마스터해 놓은 것이다. 그리고 사무용 책상 위에 놓여 있던 클립을 귀신 같이 발견했다. 그것을 익숙한 손놀림으로 조작해 문도 역시 쉽게 열었다.

미네타는 조금의 발소리도 내지 않고, 마치 닌자처럼 건물을 종종걸음으로 빠져나갔다. 그리고 땅거미를 틈타 찾아온 곳은 노천탕 밖. 바깥쪽도 벽으로 둘러싸여 있었으나, 미네타는 '개성'인 뚝뚝을 써써 너무도 쉽게 노천탕 안으로 침입했다.

성욕에 휩싸인 미네타 앞에 더 이상 장벽 따위는 존재하지 않았다.

"—플루스 울트라."

미네타는 무게 있게 중얼거렸지만, 목욕탕에는 아직 아무도 없었다. 분명 지금쯤 탈의실에서 옷이라도 벗고 있겠지.

자신의 멋진 수완이 못내 만족스러운 듯, 이런이런~하고 미네타는 한숨을 내쉬었다. 그러나 여자가 옷을 벗을 때까지 기다리는 시간은, 이제껏 느껴본 그 어떤 시간보다도 농밀한 희망으로 가득 차 있었다. 블랙커피라도 마시고 싶은 기분이다. 이 한때를 우아하게 맛보고 싶다.

심지어 상대는 성인 여성.

아까 올려다본 산봉우리들을 떠올리며, 미네타의 얼굴이 해롱해롱 무너졌다. 커다란 산일수록 더욱 올라가는 보람이 있다. 그런 산들을 동시에 제패할 수 있다면, 내 인생에 한 점의 후회도 없을 것이다.

그런 미네타의 뇌리에 픽시 밥의 말이 되살아났다.

『같이 씻을래?』

그 뒤에 나온『후후, 뻥이야』라는 멘트는 미네타의 뇌 안에서 편리하게 처리되어, 기억 속에서 아주 말끔하게 사라져 있었다. 그러나 그것만으로는 끝나지 않는다.

『같이 씻을래…?』

미네타의 뇌 안에 있는 픽시 밥이 약간 수줍어하기 시작했다.

『같이 들어가자~!』

수줍음에서 조르기로.

『같이 들어가면 좋은 것 해·줄·게♡』

그리고 단숨에 여자 치한으로 돌변했다.

"역시 성인 여자야…!!"

편리하게 해석된 뇌 속의 픽시 밥으로 인해, 미네타의 코에서 갈 곳을 찾아 헤매던 뜨거운 핏줄기가 뿜어져 나왔다. 돌바닥에 떨어진 코피의 양은 거의 수증기 온천 살인사건 수준이었다.

틀림없이 픽시 밥은 자신과 혼욕하고 싶어 미칠 지경일 것이다.

미네타의 뇌 속에서 픽시 밥과의 혼욕이 시작되었다. 젖은 살과 살의 교류. 탕 위에 둥실 떠있는 가슴. "앗—, 픽시 밥만 치사하게~"라며 만덜레이와 랙돌도 끼어들어, 미네타를 두고 쟁탈전을 벌인다. 팔에 와 닿는 가슴, 또 가슴. 가슴이 바글바글하다. 꿈이 바글바글하다. 가슴을 위해 건배. 아니, 오히려 가슴에 완패. 미네타의 머릿속은 이미 가슴에 점거당해 있었다. 이제는 아예 자신이 가슴이 되어버린 듯한 착각마저 느끼면서, 미네타의 발은 본능이 이끄는 대로 실내탕의 문을 향해 나아갔다.

유리문으로 되어 있는 그곳에서 실내탕이 보였다. 수증기가 피어올라 아주 잘 보이진 않았으나, 샤워장 쪽에 보글보글 거품을 내면서 머리를 감고 있는 사람의 실루엣이 보였다.

미네타가 가슴에 점거당해 있는 동안, 픽시 밥은 이미 탕으로 들어간 모양이다.

"오래 기다렸지? 가슴···."

그렇게 분위기 있게 중얼거리며, 미네타는 트레이닝복을 훌러덩 벗었다. 신성한 목욕탕에서는 홀딱 벗는 것이 드레스 코드다. 살며시 미닫이문을 열고 실내탕으로 침입하는 미네타. 은밀 행동에 점수를 매긴다면 틀림없이 만점짜리다.

흥얼흥얼~♪

기분이 좋은 것인지, 머리를 감으면서 픽시 밥은 콧노래를 부르고 있었다. 그것이 무척 웅웅거리듯 들리는 것은 필시 반향 탓일 것이다.

그리고 픽시 밥의 몸 또한 보글보글한 거품에 뒤덮여 있었다. 머리와 몸을 같이 씻다니, 시간을 단축하는 타입인가 보다. 그러나 미네타는 문득 다른 가능성도 떠올렸다.

'—아하, 거품 플레이구나?'

픽시 밥의 몸에 들러붙어 있는 거품은 몸집의 두 배 이상은 되어보였다.

그래서 저렇게 보글보글한 것인가, 미네타는 욕망으로 얼룩진 머리로 분석했다. 거품 플레이도 나쁘진 않다. 아니, 오히려 화끈하게 덤비라고 미네타는 생각했다.

저 거품 속에 드디어 여자의 몸이…!!!

더 이상 견딜 수 없어진 미네타는 과감하게 남자의 고향으로 돌진했다.

"다녀왔습니다, 가슴—!! …어?"

미네타는 뒤에서 끌어안는 동시에 앞쪽으로 손을 뻗었다. 그런데 가슴에 닿기는커녕, 등판인 듯한 평면 구역을 벗어나지 못했다. 심지어 그 평면은 묘하게 울퉁불퉁 솟아나 있었다.

마치 늠름한 남자의 등판 같다고 생각한 그 순간, 힘센 손이 미네타를 덥석 붙잡았다.

"…호오, 감히 내 목욕을 엿보다니, 배짱 한번 두둑하구나…."

"히익?!"

그곳에 있던 것은 와일드 와일드 푸시캣츠의 일원인 호랑이였다. 만덜레이 일행이 만약의 경우를 대비해, 남탕과 여탕을 뒤바꿔 놓은 것이다.

도망치려던 순간 훅 집어던져지는가 싶더니, 벌떡 일어나기도 전에 미네타는 두툼한 발바닥에 깔려 바닥에 짓뭉개졌다.

망연자실한 미네타의 앞에서 호랑이의 몸에 들러붙어 있던 거품이 천천히 흘러내리며, 근골이 우람하고 위풍당당한 남자의 몸이 훤히 드러났다.

—미네타는 모른다. 호랑이가 원래는 여성이었다는 사실을.

어떻게 보면 미네타는 여체의 신비를 목격한 것이다.

"뭔가 남길 말이 있다면 들어주마…."

"—마, 마지막으로 최소한 가슴이라도 한 번 주무르게…."

"다츠에(奪衣) 할멈의 가슴이라도 주무르시지!!"

다츠에 할멈이란, 뱃삯도 없이 삼도천에 찾아온 망자의 옷을 벗겨가는 마귀를 말한다.

"끼야아아아아아아아악—!!!!"

여름 밤하늘에 미네타의 단말마가 울려 퍼졌다.

Part. 4

AB 합동 여자모임

"…응? 방금 무슨 소리 들리지 않았어?"

"…남자 목소리 같았는데."

아마도 이불 위에 널브러져 있을 하가쿠레의 목소리에, 근처 창가에서 더위를 식히고 있던 지로가 대답했다.

"아~, 밥 먹을 때 또 티격태격했잖아! B반이랑."

"남자들은 참 바보야—…. 아, 그런데 방금 이 소리는 미네타 목소리였던 것 같기도."

미네타라는 단어에 "흐엑~, 보충 수업 싫어~"라며, 역시나 자기 이불 위에서 뒹굴거리고 있던 아시도가 고개를 번쩍 치켜들었다.

"벌이라도 받고 있는 건가? 그랬으면 좋겠어—!"

그 얼굴에는 여전히 쿨 다운이 덜 된 분노가 드러나 있었다.

"그러게 말이데이!"

"한 번쯤 호된 꼴을 당해보지 않으면, 깨닫지 못할지도 몰라요."

방 한구석에서 츠유가 등을 눌러줘 스트레칭을 하고 있던 오챠코와, 그 근처에서 짐을 정리하고 있던 야오요로즈도 분개했다.

이곳은 A반의 여자 방. 남자들보다 인원수가 적은 여자 방은 심플한 다다미방이다. 6명 분량의 이불을 깔고 나면, 약간의 여유밖에 남지 않는다. 그래도 어차피 잠만 자면 되니까 딱 알맞은 넓이다. 호화 저택에 살고 있는 야오요로즈는 비좁은 방에 다소 놀라긴 했지만, 합숙이라는 것은 원래 이런 거려니 하고 빠르게 납득한 눈치다.

"좀 더 깊이 찌를 걸 그랬어."

"산의 농도를 더 진하게 만들 걸 그랬어―!"

A반 여자들이 아까 B반 여자들을 엿보려 했던 미네타를 퇴치한 직후였다.

범죄자는 언제나 증오해야 마땅한 빌런이지만, 성범죄자는 여자들에게 특히나 증오스러운 빌런이다.

콧김을 씩씩거리는 아시도 일행에게 츠유가 "그래도"라며 냉철한 목소리로 중얼거렸다.

"미네타라면 그렇게 쉽게 변하진 않을 거야. 이제까지도 험한 꼴은 종종 당했지만, 여전하잖아."

"그건… 그럴지도…."

츠유의 말에 저마다 이제껏 미네타가 저지른 소행들을 떠올렸다. 미네타를 쫙 갈라보면 100퍼센트 성욕으로 되어 있지 않을까, 그 정도로 미네타는 성욕의 화신이다. 여자들은 넌더리를 내며 납득해버렸다.

"그래도 이번엔 다른 반 여자 분들한테까지 피해가 갈 뻔했잖아요…. 같은 A반으로서 창피해요…."

야오요로즈가 부반장으로서 책임을 느끼고 있는 것인지 심각하게 고개를 절레절레 흔들던 바로 그때, 문을 노크하는 소리에 이어 웬 목소리가 들려왔다.

"나, 켄도인데 잠깐만 들어가도 될까?"

뜻하지 않은 인물의 방문에 A반 여자들은 무슨 일인가 싶어 서로 얼굴을 마주보았다. 이불에 널브러져 있던 아시도와 다른 아이들도 벌떡 일어났다. 야오요로즈가 시선으로 모두의 확인을 받은 뒤, "네, 물론이죠"라며 문을 열어 맞이했다.

그곳에는 켄도를 선두로 같은 B반의 코다이와 시오자키, 그리고 한쪽 눈이 앞머리에 가려져 있는 야나기 레이코가 서 있었다. 켄도는 들고 온 봉지를 야오요로즈에게 내밀었다.

"아까는 고마웠어, 이건 답례야."

"답례?"

"어—? 뭔데뭔데?"

답례라는 말에 아시도는 흥미가 동했는지, 봉지를 들여다보러 다가왔다. 오챠코와 나머지 아이들도 아시도의 뒤를 이어 봉지를 들여다보았다. 아시도가 기쁜 듯이 소리 높여 말했다.

"과자다—."

그곳에는 다양한 종류의 과자들이 들어 있었다.

"각자 가져온 과자들을 주섬주섬 챙겨온 거라 미안하지만."

B반 여자들이 각각 조금씩 모은 과자인가 보다. 개별 포장된 쿠키며 초콜릿 등이 들어 있었다.

"그런데 무슨…."

이라며 고개를 갸웃거리던 야오요로즈가 헉하고 숨을 삼켰다.

"혹시 미네타 일 때문인가요? 그거라면 이러지 않아도 괜찮아요! 오히려 저희 반의 미네타가 큰 피해를 줄 뻔했는데…!"

야오요로즈가 마치 못난 아들을 둔 어머니처럼 굴자, 켄도가 순간 어리둥절해하다 웃었다.

"그런 거 신경 쓰지 마. 결과적으로 잘 해결됐으니까."

"게다가 너희가 미리 알려줬기 때문에, 미연에 방지할 수 있었던 거고."

뒤에서 그렇게 말한 것은 야나기. 그 옆에 있는 코다이가

"응" 하고 동의했다. 야나기와 마찬가지로 켄도 뒤에 있던 시오자키가 기도하듯이 손을 모으며 한 걸음 앞으로 나왔다.

"이건 저희가 표하는 감사의 마음이에요. 여기에 오지 못한 토카게, 코모리, 츠노토리도 직접 고맙단 말을 하고 싶어 했어요. 그런데 블라드 선생님이 오늘 훈련 중에 주의할 점이 있다고 호출하셔서…."

토카게 세츠나는 약간 까칠한 관상을 하고 있는데도 불구하고 버스 승차장에서 A반에 싹싹하게 말을 걸어왔던 학생이고, 코모리 키노코는 덩치가 아담하고 헤어스타일이 버섯처럼 생긴 학생이다. 그리고 츠노토리 포니는 커다란 뿔과 동그랗고 큰 눈망울이 사랑스러운 학생이다.

"그러니까 이걸 받아줘. 작은 정성이야."

또 다시 봉지를 내민 켄도. 그러나 여전히 양심에 찔리는지 야오요로즈가 "그래도…"라며 받으려 하지 않자, 대신 아시도가 "그럼 고맙게 받을게!"라며 받았다.

"아시도?"

당황하는 야오요로즈에게 지로 일행이 말했다.

"워워—, 진정해, 야오모모. 이렇게 애써 갖고 왔는데."

"그래, 야오요로즈. 그 마음을 저버리는 건 좋지 않아."

"하지만 우린 당연히 해야 될 일을 한 것뿐인데…."

그래도 여전히 망설이는 야오요로즈를 보며, “음~”하고 생각에 잠긴 듯한 목소리를 내던 하가쿠레가 좋은 생각이 났다는 듯이 말했다.

“그럼 다 같이 먹자!”

“네?”

허공에 붕 떠있는 실내복의, 아마도 얼굴이 자리하고 있을 부분을 돌아보는 친구들에게 하가쿠레는 미소를 생긋 지었다.

“여자 모임을 열자—! 여자 모임! 기왕 이렇게 된 거.”

여자 모임. 그 매혹적인 단어에 모두의 안면이 사르르 풀어졌다.

“찬성! 이런 기회도 좀처럼 없으니까.”

“어머나…, 여자 모임….”

“어? 정말로 괜찮겠어?”

“물론이지. 게다가 남자들도 남자들끼리 모이는 것 같던데.”

“응.”

“…그럼 열어볼까? 여자 모임.”

“열자—!!”

빠르게 분위기가 달아오른 여자들은 방 한가운데에 과자를 펼쳐놓고, 자판기에서 음료수를 구입한 후 이불로 쿠션을 대신하듯 동그랗게 둘러앉았다. A반 여자들도 자신들의 과자를 모으고, 음료수로 건배를 했다. 달콤한 과자는 입과 마음을 천천히 녹여주기 시작했다. 심지어 합숙이라는 상황. 밤에 여자들끼리 수다를 떨고 있다니, 기분이 달아오르지 않을 리가 없었다.

야오요로즈가 아련하게 상기된 얼굴로 두근두근 주위를 둘러보며 입을 열었다.

"…전 사실 여자 모임은 처음인데…, 주로 어떤 걸 하는 게 여자 모임인가요?"

그 말에 아시도가 대답했다.

"여자들끼리 모여서, 뭔가 먹으면서 그냥 이야기하는 게 여자 모임 아닌가?"

그런데 그 말에 하가쿠레가 보이지 않는 손가락을 쯧쯧쯧 흔들면서 말했다.

"자고로 여자 모임이라 하면… 연애담이지—!"

그 말에 또 다시 여자들의 흥분감이 단숨에 상승했다.

"그래, 연애담! 여자 모임답네!"

"와아아~."

SMASH
EDGE
쌀과자
Oishii Kashi
MY HERO ACADEMIA
나의 히어로 아카데미아

"연애라."

흥분한 아시도, 얼굴이 약간 빨개진 오챠코와 츠유.

"에엑─…?"

"아─, 그런 분위기구나?"

당황하는 지로와 쓴웃음을 짓는 켄도.

"여, 연애?! 그런 건, 아직 결혼 전인데…!"

당황하면서도 마냥 싫지만은 않은 듯한 야오요로즈와 자애 넘치는 수녀님 같은 시오자키.

"맞아요. 애당초 결혼이라는 건 신 앞에서 하는 약속으로…."

"연회담?"

"우웅─."

고개를 갸웃거리는 야나기와 고개를 흔드는 코다이.

각자 반응의 차이는 있지만, 여자 모임의 화제는 연애담으로 결정되었다.

"그럼, 지금 사귀고 있는 남친이 있는 사람─!"

제일 먼저 말을 꺼낸 하가쿠레가 선창하듯이 화제를 던졌다. 그러나 너나 할 것 없이 두근거리는 시선으로 주위를 살펴보기만 할 뿐, 먼저 밝히고 나서는 사람은 없었다. 그런 침묵이 몇 초간 계속되자, 하가쿠레가 아연실색하며 언성을 높였다.

"…어? 아무도 없단 말이야?!"

다들 두근두근 설레어하던 표정이 쑥 들어가서는 "어? 정말?"이라며 주위에 확인하기 시작했다. 그 누구도 숨기고 있는 기색조차 없었다. 아무래도 정말 아무도 없는 모양이다.

이 사실에 여자들은 약간의 위기감을 느꼈다.

왜냐하면 히어로과가 없는 일반 고등학교에 진학한 친구들로부터 남자친구가 생겼다느니, 또는 다른 친구에게 남자친구가 생겼다는 등의 이야기를 심심찮게 들었기 때문이다.

보아하니 세간의 여고생들은 연애라는 청춘의 한 페이지를 즐기고 있는 듯했다.

"중학교 때는 입시 공부 때문에 그럴 경황이 아니었고, 유에이에 들어와선 들어온 대로 그럴 경황이 아니라서—."

씁쓸하게 웃는 켄도에게 모두 응응, 하며 깊이 수긍했다.

히어로과는 월요일부터 토요일까지 수업이 빽빽하게 들어있다. 히어로가 되기 위해선 배우지 않으면 안 되는 것들이 그만큼 많기 때문이다. 실기뿐만 아니라, 당연히 일반 과목의 숙제도 나온다. 시간은 아무리 많아도 부족할 정도다.

"헐—, 그래도 연애 이야기 해보고 싶어! 가슴 한번 찡해져보고 싶어—! 애들아, 짝사랑이라도 좋으니, 누군가 좋아하는 사람 없어—?"

아시도는 몸을 불쑥 내밀고 모두를 빙 둘러보았다. 아무래도 한 번 붙어버린 연애담이라는 불씨는 좀처럼 꺼트릴 수가 없는 모양이다. 이렇게 된 이상, 남의 떡이 아닌 남의 연심으로라도 가슴 찡한 느낌을 받아보고 싶은 것이다.

"좋아하는 사람…."

『너, 그 앨 좋아하니?』

"큭!"

오챠코는 또 다시 기말 실기 시험 때 아오야마가 한 말을 떠올리고 말았다. 뇌리에 떠오른 것은 이즈쿠의 얼굴.

"어라? 왜 그래? 오챠코."

"앗—! 혹시 좋아하는 사람 있어?!"

새빨갛게 물든 오챠코의 얼굴을 보며, 하가쿠레는 잔뜩 흥분했다.

"어, 없데이! 있을 리가 없구마."

"당황하는 걸 보니 좀 수상한데~?"

"누군데, 누군데? 여자들만의 비밀로 해줄게!"

연애담에 목마른 하가쿠레와 아시도에게 추궁 당하자, 오챠코는 더더욱 얼굴이 빨개지며 마구 당황했다.

"아니, 이건, 저기, 그런 거랑은 좀 다르데이."

"그런 게 어떤 건데~?

"자, 자, 얼른 실토해버려. …연애, 하고 있는 거지?"

"크…, 정말로 그런 게 아니구마~!"

마치 취조하는 듯한 분위기의 하가쿠레와 아시도로부터 나온 연애라는 단어에, 또 다시 떠오를 뻔한 이즈쿠의 얼굴을 지우듯이 오챠코는 손을 붕붕 흔들었다. 그 손에 하가쿠레와 아시도가 닿는 바람에 '개성'인 제로 그래비티로 두 사람은 허공에 붕 떠버렸다.

"꺄앗?"

"우앗."

"앗, 미안하게 됐데이~!"

황급히 오챠코가 해제하자 두 사람은 이불 위로 풀썩 낙하했다.

"하지만 정말로 그런 거랑은 다르데이! 뭐랄까, 그런 이야기 자체가 너무 오랜만이라 심장이 쿵쾅거리는 느낌?"

"도대체 얼마나 오랜만이길래."

약간 황당해하는 듯한 지로의 말에, 하가쿠레와 아시도도 "그래—?", "미안미안" 하고 가볍게 사과하며 원래의 위치로 돌아갔다. 오챠코는 미묘한 기분이 들면서도, 어떻게든 잘 무마한 것 같아 나지막이 휴우, 하고 한숨을 내쉬며 가슴을 쓸어내렸다. 그런데 다음 순간, 헉하고 놀랐다.

'…응?! 아니, 무마했다기보다는 화제가 비껴간 것 같아 안도한 것뿐, 무마할 만한 일은 아닌데! 그래그래, 단지 아오야마가 이상한 소리를 하는 바람에 그냥 신경이 좀 쓰여서…. 아니, 신경이 쓰였다고 해도 그런 무언가는 아니고. 아니, 그런 무언가라는 게 대체 뭘 말하는 건지. 그래, 나랑 데쿠는 그런 사이가 아니고…. 앗, 나랑 데쿠래! 아니, 딱히 둘이서 하나라든가, 그런 뜻은 아니고 그냥 단지 단어를 연결한 것뿐. 그래, 단지 그것뿐이야.'

"오챠코? 왠지 피곤해 보여."

"아니데이, 그냥 심장 박동이 좀처럼 가라앉질 않구마…."

생각을 너무 많이 한 나머지 이불에 풀썩 쓰러져버린 오챠코에게, 츠유가 무덤덤하게 말했다.

"심장이 너무 오랫동안 격렬하게 뛰면 병원에 가보는 게 좋아."

"병원 가서 낫는 거면 좋겠네…."

"괜찮으세요? 연애 이야길 너무 오랜만에 해서 몸에 지장이 오다니…. 신께서 정말 잔혹한 체질로 만들어주셨군요."

옆에 앉아 있던 시오자키가 자비로운 손놀림으로 오챠코의 머리를 불쌍한 듯 쓰다듬었다. 그 모습에 아시도가 또 다시 분연히 일어섰다.

"역시 여자들은 연애담을 적당히 해주지 않으면 안 되는 거야! 또 누군가 좋아하는 사람 없어—?"

그러나 이번에도 역시 아무도 없었다. 야나기가 낙담해서 축 처진 아시도에게 말을 걸었다.

"굳이 그렇게 연애담으로 한정지을 것까진."

"으음—, 그래도 역시 가슴 찡한 느낌은 받아보고 싶지 않아? 왜냐하면 여자니까."

딱히 간절하게 남자친구가 필요한 것은 아니다. 연애가 하고 싶은 것도 아니다. 지금은 히어로를 목표로 삼는 일에 최선을 다하지 않으면 안 된다는 것을 잘 알고 있으니까.

그러나 일단 그 찡한 느낌을 상기하고 나니, 어떻게 해서든 찡해지지 않고선 성이 차지 않을 것 같았다.

찡하니 심장이 애절하게 오그라드는 듯한, 그 달콤하고 저릿한 느낌.

마음이 한 순간에 꽉 차버리는 마법 같은 감각.

그것만 있으면, 당분간은 그게 있다는 사실만으로도 너끈히 살아갈 수 있을 것 같을 만큼.

가슴 찡한 그 느낌은 자기 안에 간직한 소녀스러운 부분의 영양분인 것이다. 합숙하는 날 밤, 짧은 자유 시간 정도는 영양을 보충해도 괜찮지 않을까?

그런 아시도의 마음이 전달된 것인지, 다들 "그래—"라며 생각에 잠기거나 고개를 끄덕였다.

그러나 머리로 아무리 생각해도, 리얼한 연애담 따위는 떠올라줄 것 같지 않았다.

UA

하가쿠레가 벽에 부딪쳐 방황하는 소녀들에게 "그럼 말이야"라면서 제안했다.

"망상으로 그 감동을 느껴보자!"

"망상?"

어리둥절해 하는 츠유. 야나기도 고개를 갸웃거렸다.

"아니, 아무리 그래도 그건 좀."

"망상이라기보다는 상상? 가령 A반과 B반 애들 중에서 남친으로 삼는다면 누구를?! 같은 거."

아시도가 하가쿠레의 제안을 "그건 괜찮을 것 같기도"라며 덥석 물었다.

"하지만 누군가 한 분을 고르는 건 좀…."

"여자 모임이라고 해봤자, 결국은 여럿이 모여서 잡담을 하는 거잖아! 이런저런 얘기를 나누는 것도 커뮤니케이션의 일환이라고."

여전히 망설이는 야오요로즈를 보더니, 옆에서 익숙한 태도로 책상다리를 괴고 있던 켄도가 씨익 웃었다. 그 표정에선 넓은 도량이 느껴져 야오요로즈도 "그렇군요…. 뭐든 경험이 중요하죠"라며 납득했다.

"그럼 당장 시작하는 걸로…. 남친으로 삼는다면 누가 좋을까?"

"남친이라―…."

그렇게 말하며 여자들은 으~음, 하고 생각에 잠겼다. 오챠코만 홀로 뺨이 발그레해져서 고개를 도리도리 흔들고 있었으나, 다들 각자 생각에 빠져서 그 사실을 눈치 챈 사람은 아무도 없었다.

"막상 남친이라고 가정해서 생각해보니, 딱 떠오르는 사람이 아무도 없네."

아시도가 끄응―하고 입술을 쭉 내밀었다. 쇼핑하려고 작정하고 가게에 들어갔는데, 정작 상품이 진열되어 있지 않은 기분이다. 원하는 물건이 아무것도 없다.

"그러게. 애초에 이제껏 그런 마음으로 본 적이 없어서."

켄도가 그렇게 말하자, 야오요로즈도 곤란한 듯 고개를 끄덕였다.

“동급생이자 함께 히어로를 꿈꾸는 동료이기도 하고, 라이벌이기도 하니까요….”

“그보다 남친으로 삼고 싶은 남자가 없다는 게 가장 큰 이유 아닐까?”

“그런 식으로 말하면 끝이지, 지로.”

“…아.”

그때, 무언가 생각난 것처럼 야오요로즈가 탄성을 질렀다.

“뭔데? 야오모모. 생각해보니 남친으로 삼고 싶은 사람이 있었어—?!”

기대에 찬 아시도가 바짝 다가오자, 야오요로즈는 약간 곤란한 듯 웃었다.

“제가 아니라 지로요.”

“뭐? 나?”

깜짝 놀라는 지로에게, 옆에 있던 야오요로즈가 생애 첫 연애담에 약간 쑥스러운 듯 이야기를 꺼내기 시작했다.

“지로가 카미나리랑 종종 사이좋게 얘기하던 게 생각나서…. 카미나리는 어때요?”

“앗, 그만해! 물론 그 녀석은 말하기야 편하지만, 애가 너무 가볍잖아. 틀림없이 바람피울걸?”

이야기의 활 끝이 자신에게 향하자 부끄러운 듯 얼굴을 찡그리는 지로를 보더니, 츠유가 입술 밑에 손가락을 대며 잠시 생각한 후 입을 열었다.

"그런가? 카미나리는 일단 사귀면 의외로 일편단심일 것 같은데."

"어? 츠유, 혹시 카미나리 같은 타입이 좋아?!"

"아니, 전혀. 하지만 카미나리는 기본적으로 여자들한테 친절하잖아?"

"으~음, 그냥 여자를 밝히는 것뿐 아닌가?"

쑥스러운 듯 지로가 언급한 '여자를 밝힌다'라는 말에, 여자들의 뇌리에 공통적으로 한 남자의 얼굴이 떠올랐다. 그리고 가면처럼 무표정한 표정으로 돌변하며 입을 모아 말했다.

"…미네타보다는 낫지만."

"응."

한 박자 뒤늦게 고개를 끄덕이는 코다이. 너무도 이구동성이라, 다들 서로의 얼굴을 마주보며 웃음을 빵 터트렸다.

공통의 빌런은 일치단결에 한 몫 하는 법이다.

"미네타랑 비교하면 누구나 다 낫지~!"

아시도가 눈물을 훔치면서 옆에 있는 켄도에게 말했다.

"B반에도 미네타 같은 애가 있어?"

"없어없어. 우리 반 남자들은 비교적 마초 스타일이거든.

아, 모노마 같은 애도 있긴 하지만.”

손을 휘휘 흔들다가 불현듯 생각났는지, 켄도가 그렇게 말했다. 모노마는 사사건건 A반과 대항하는, 멘탈에 하자가 좀 있는 학생이다.

“모노마는—…”

“응.”

“모노마지—….”

“응.”

야나기의 말에 코다이가 고개를 끄덕였다. 아무래도 모노마는 멘탈에 하자가 좀 있긴 해도, 그냥 모노마 그 자체로 받아들여지고 있는 눈치였다.

“얼굴은 꽤 잘생겼는데, 멘탈에 문제가 약간 있다는 점이 안타깝지!”

해맑게 말하는 하가쿠레.

“잘생긴 걸로 치면 토도로키는?”

아시도의 질문에 다들 “그러고 보니”라는 식으로 그 존재를 떠올렸다. 잘생기고, 성격은 약간 마이페이스 같은 인상. 남친으로 삼는 것에 아무런 마이너스 포인트도 찾아볼 수 없는 듯한 기분이 들던 바로 그때, 켄도가 말했다.

“아아, 그 엔데버의?”

그 순간, 뇌리에 떠오른 토도로키네 아버지의 얼굴에 여자들은 사고가 정지되었다. 도저히 잘 지낼 수 있을 거라는 자신감이 생기지 않았다.

"…걔는 아니야."

"응, 아들 여친한테 엄격할 것 같아…."

떠올린 엔데버의 위압감에 진력이 나버린 A반 여자들. 그러나 시오자키가 조용히 감고 있던 눈을 뜨더니, 절실하게 다른 아이들을 납득시키려 했다.

"그렇게 기질이 격정적인 분일수록 마음에 상처가 있을 수도 있어요. 그런 상처를 위로해드리고 싶네요…."

"이바라, 넌 설마 했던 엔데버?!"

동급생의 아버지?! 넘버 2 히어로와의 불륜?! 화들짝 놀라는 켄도 일행에게, 시오자키는 변함없이 차분한 표정으로 고개를 절레절레 흔들었다.

"모든 생물은 저마다 사랑받을 자격이 있답니다. 위로해드리고 싶은 것뿐이지 절대로 연애 감정은 아니고, 제 타입도 아니니까 언짢게 여기지 말아주세요…."

"사람 놀라게 하지 마."

"맞아."

평탄한 어조의 야나기와 고개를 끄덕이는 코다이. 가슴을 쓸어내리면서 오챠코가 말했다.
"시오자키는 정말 성실하데이!"
"성실한 것으로 따지면 이이다지."
"아—, A반 반장."
"이이다는 절대로 바람은 안 피울 거예요. 분명 사귀더라도 늘 변함없이 성실할 것 같아요…."
야오요로즈의 말에 다들 이이다와 사귀는 모습을 상상했다.
성실한 이이다는 정식으로 교제를 신청할 것이다. 하지만 그 다음은 상상하기가 어려웠다.
"…왠지 이이다는 손잡을 때까지 몇 년이나 걸릴 것 같아."
"어쩌면 결혼한 다음에나 잡을 수 있지 않을까…?"
"하핫, 설마하니 그렇게까지 하겠어?"
A반의 농담이라고 생각한 켄도가 그렇게 말하자, A반 여자들은 모두 지극히 진지한 표정으로 고개를 흔들었다.
"이이다라면 그러고도 남아."
"정말…?"
"순수 하이퍼 성실남이니까."
그렇게까지 성실한 것도 피곤하다고 생각하며, 여자들의 머릿속에서 이이다라는 선택지가 사라졌다.
"그럼 미도리야는?"

"큭!"

오챠코는 아시도로부터 나온 갑작스러운 이름을 듣고, 필사적으로 심장 박동을 억눌렀다. 오챠코의 심장은 기진맥진해 있었다.

"사실, 걔는 잘 모르겠어."

"미도리야 말이야?"

"체육대회 때도 파묻혀 있는 지뢰를 이용하는 등 대담한 전법을 취하는가 싶다가도, 결승 때는 노 가드로 난타전 같은 짓을 하지 않나. 그런데 평소에 복도나 식당 같은 데서 보면 이미지가 전혀 다르단 말이지."

그렇게 말하며 고개를 갸웃거리는 켄도에게 오챠코는 무언가 말하고 싶은 듯 입을 벌렸으나, 너무 다양한 감정이 뒤죽박죽 섞여버려 말로 잘 표현할 수 없을 것 같았다. "으—음…" 하고 신음하는 오챠코를 대신하듯이 츠유가 입을 열었다.

"글쎄, 미도리야는… 엄청난 노력가인 것 같아. 평소에 느끼는 모든 걸 히어로가 되는 데에 활용하려고 애쓰지."

맞지? 라며 마치 확인하듯이 돌아보는 츠유에게 오챠코는 힘차게 고개를 끄덕였다. 그리고 그 뒤를 이었다.

"…데쿠를 보고 있으면, 나도 좀 더 노력해야겠다는 생각이 들어!"

필사적으로 무언가를 전달하려는 듯 자신을 빤히 바라보는 오챠코를 향해 켄도는 씨익, 하고 미소를 지었다.

"그렇구나. 주위에 그런 감정을 불러일으키다니, 훌륭한데?"

그 미소에 조금이나마 이즈쿠의 실상이 전달된 듯한 기분이 들어, 오챠코도 웃었다. 아시도가 퍼뜩 생각난 듯 부연 설명을 덧붙였다.

"아, 그리고 어마무시한 올마이트 오타쿠야."

아시도의 말에 하가쿠레와 야오요로즈도 그 뒤를 이었다.

"여친과의 데이트랑 올마이트의 악수회 중에 고르라고 하면, 올마이트를 고를걸?!"

"쉽게 상상이 가네요."

"어? 학교에서 만날 수 있는데도?"

올마이트는 유에이의 교사이기도 하다. 아시도가 고개를 갸웃거리는 야나기에게 고개를 깊이 끄덕이며 말했다.

"그게 바로 미도리야라는 사내지."

"아예 여친과의 데이트랍시고 올마이트의 악수회에 갈 것 같아."

"그건… 그럴지도 몰라."

하가쿠레의 말에 오챠코도 쉽게 상상하고 말았다.

"남친감은 아니네."

"응."

단칼에 쳐내는 야나기와 고개를 끄덕이는 코다이. 이리하여 이즈쿠도 선택지에서 사라졌다. 오챠코는 안심이 되면서도 한편으로 답답한 마음이 들어, 벌레를 씹은 채로 간지럼을 타고 있는 듯한 미묘한 표정을 지었다.

"그럼 바쿠고는?"

"아니야."

이번에는 지로가 단칼에 쳐냈다.

"성적도 우수하고 장래도 유망…하지만, 그 성격은 좀—."

바쿠고에 이어 속속 남자들의 이름이 떠올랐다가, 여자들의 엄격한 심사에 비눗방울처럼 팡팡 사라져갔다. 결국 가슴 한 번 찡해보지 못하고 모든 남자들이 전멸해버렸다.

"이럴 수가…. 이러다간 가슴 한 번 찡한 적 없이, 보충 수업 받으러 가야 되잖아…. 으흑, 찡한 감동이 필요해—!"

축 늘어져 고개를 숙인 아시도. 사막에서 쓰러진 여행자처럼 말라비틀어진 그 몰골을 어떻게든 구제해주고 싶어서, 하가쿠레가 “으~음” 하고 고민하더니 활짝 밝은 목소리를 냈다.

“그럼 반대로 생각해보는 건? 우리가 남자고 만약 남자들이 여자라고 했을 때, 여친으로 삼는다면 누구를! 이렇게.”

“관점을 바꿔보는 거구나.”

여자들은 “으~음…” 하고 저마다 주위 남자들을 여자로 변환시켜보려 애썼으나, 근육질 몸매에 그냥 롱 헤어 가발만 뒤집어씌운 정도의 상상밖에 떠오르지 않았다.

“이건 좀 아니야….”

“애초에 찡한 기분이 들까? 여친을 고르는 관점에서….”

“그것도 그러네!”

하가쿠레가 헤헷, 하고 웃었다. 그러나 그 옆에 있던 야나기가 조금 떨어져있는 켄도를 바라보며 입을 열었다.

“하지만 이츠카가 남자라면 인기 있을 것 같아.”

“어? 나?”

눈이 휘둥그레지는 켄도를 보며, 야나기의 옆에 있는 코다이도 “응” 하고 고개를 끄덕였다.

“B반에서 제일 멋진 건 이츠카니까.”

“맞아요. 켄도의 말 한 마디에 반 전체가 착, 하고 단합되니까요. 누구에게나 공평하고, 엄격하고, 그러면서 따뜻하고…. 좀처럼 쉽게 할 수 있는 일이 아니죠.”

동의하는 시오자키의 말에 야오요로즈도 "그러고 보니…"라며 그 뒤를 이었다.

"직장 체험 때도 은근슬쩍 절 서포트 해줬죠. 켄도가 같이 있어주지 않았다면, 훨씬 우울했을지도 몰라요."

직업 훈련 때, 야오요로즈와 켄도는 함께 스네이크 히어로인 이무기 밑으로 체험 입소를 했다. 그때, 히어로 체험과는 동떨어진 광고 촬영 등에 동원되어, 정녕 이래도 되는 것인가…?라며 야오요로즈는 불안에 떨었던 것이다.

"그때는 서로 마찬가지였지 뭐. 아, 그만들 해, 쑥스러우니까."

모두에게 주목받자 약간 민망한 듯 얼굴을 찡그리는 켄도.

"믿음직하다는 거, 왠지 알 것 같아. 아까 미네타를 훅 날려버릴 때라든가."

"알아!"

고개를 끄덕이는 츠유와 오챠코에, 아시도까지 차례대로 맞장구를 쳤다.

"치한 같은 걸 만나더라도 똑부러지게 한마디 해줄 것 같아! 남친이라면, '내 여친한테 무슨 짓이야?'라는 식으로—!"

아시도의 말에 남자 버전의 켄도가 자신을 지켜주며 치한을 퇴치하는 상황을 떠올리고, 여자들은 새된 목소리를 냈다. 여자의 마음을 이해해주고, 유사시에는 지켜주는 이상적인 남자 친구가 거기에 있었다.

"…그런데 여자들끼리 이렇게 감동해봤자!"

"아니, 나한테 멋대로 감동해봤자."

문득 이성을 되찾은 아시도를 보며 쓴웃음을 짓는 켄도.

"역시 연애라는 관점에서 바라보니까 느낌이 안 오는 거야. 사이드킥이라는 관점에서 본다면, 의외로 가슴 찡해질 만한 구석이 보일지도!"

"사이드킥이라—."

"혹은 하루 동안 서로 뒤바꿔 본다거나?"

켄도의 제안에 다들 "으~음…" 하고 생각에 잠겼다. 문득 어떤 남자의 얼굴이 떠오른 오챠코가 말했다.

"그거라면 난 바쿠고."

"으엑? 그래?"

오챠코가 언급한 의외의 이름에 지로가 깜작 놀랐다. 오챠코는 약간 쑥스러운 듯 웃었다.

"응. 체육대회 때 직접 싸워보고 완패했지 않나? 그때 솔직히 진짜 강하다고 생각했데이. 그 힘을 한번쯤 맛보고 싶어!"

"확실히 바쿠고가 강하긴 하죠. 전투 센스도 있고."

"그래서 바쿠고가 되어 한번 마음껏 싸워보고 싶어!"

아시도가 주먹을 척 내미는 오챠코를 보고, “그렇구나—”라며 고개를 끄덕였다.

“그런 식으로 따진다면 난 세로—? 테이프 쏘는 거, 한번 해보고 싶어! 슈루루룩—하고. 난 항상 산(酸)뿐이니까. 야오모모는?”

“전… 굳이 꼽으라면 코다요. 동물을 조종할 수 있다는 건 매우 흥미롭잖아요.”

“응.”

코다이도 실은 코다와 바꿔보고 싶었나 보다. 그런 친구들을 바라보며 지로도 머뭇머뭇 입을 열었다.

“난 카미나리. 방전해서 그 ‘이예~’ 상태를 체험해보고 싶어. 딱 한 번으로 충분하지만.”

“난… 토코야미? 다크 섀도랑 연대해서 싸우는 기분을 맛보고 싶어. 게다가 내 안에 다른 생물이 있다는 건 어떤 느낌일지 궁금해.”

“난 사토—! 단 걸 왕창 먹어도 그게 다 에너지로 변하잖아. 과식해도 살이 안 찌니 죄책감도 안 들고!”

“아니, 어차피 투명하니까 살찌더라도 안 들킬 텐데?”

“들켜! 옷이 불룩해진 느낌으로.”

왁자지껄 신나게 떠드는 소녀들을 바라보고, 켄도가 기가 막힌 듯 한숨을 내쉬며 웃었다.

“연애만 빼면 이렇게 술술 고를 수 있는데.”

가슴 찡한 감동 운운하는 것은 어느 새 사라지고, 자신이 체험해보고 싶은 ‘개성’ 이야기로 쑥 빠져버렸다.

“안 되겠네~, 우린 어쩜 연애담 하나 제대로 못 하냐!”

털썩하고 쓰러진 아시도를 보고, 소녀들은 저마다 얼굴을 마주보며 쓴웃음을 지었다.

“지금은 일단 보충 수업이나 열심히 받아.”

“이건 틀림없이 신의 계시예요.”

“그만해~.”

지로와 시오자키의 말에 저항하듯이 이불 위에서 파닥파닥거리는 아시도에게, 츠유가 “그래도…”라며 뒷말을 이었다.

“흔히들, 사랑에 빠진다고 하잖아? 그러니까 정신을 차려보면 어느 새 빠져있지 않을까? 분명 그때가 오면 누군가에게 그 마음을 털어놓고 싶어 견딜 수 없게 될걸? 연애 이야긴 그때 가서 실컷 하자.”

언젠가는 누군가를 사랑하게 된다. 그때가 과연 언제일까?

그때, 자신은 히어로가 되어 있을까?

그 누군가에게 자랑할 수 있는 나 자신이 되어 있을까?

언젠가의 미래를 상상하며, 소녀들은 사랑과 사랑에 빠진 미소를 지었다.

“…그래도 역시 지금 당장 가슴 찡한 기분을 느껴보고 싶어~! 조금이라도 좋으니까!”

순간 훈훈한 분위기에 물들었던 아시도였으나, 보충 수업이라는 지옥을 떠올리더니 또 다시 감동을 조르기 시작했다. 언젠가 다가올 사랑보다는 눈앞의 가슴 찡함. 지옥을 견뎌내려면 정신적인 윤택함이 필요한 모양이다.

“빠르고 간편하게 가슴 찡한 감동을 받아보려면…, 이상형에 관한 이야기라든가?”

“미나는 어떤 타입을 좋아해?”

“으—음…. 우선은 강해 보이는 타입! 하지만 이따금 어린애 같은 일면도 있는 사람이 좋아—. 개구쟁이 같은 느낌에, 그러면서도 언제나 내 곁에 있어줘야 해~!”

다들 흐음, 흐음, 하고 듣고 있는 가운데, A반 여자들이 “…응?” 하고 뭔가 마음에 걸린 듯한 표정을 지었다.

강해 보이고, 어린애 같은 일면, 그러면서 언제나 항상….

“그건 다크 섀도 같은데”

"…바로 그거야!"

츠유의 지적에 아시도를 제외한 A반 여자들이 모두 납득했다.

"다크 섀도라면, 아까 말한 토코야미의 '개성'이잖아?"

아시도는 어리둥절해 하는 켄도에게 "그래! 그렇긴 한데!"라며 반론하듯이 말했다.

"사람은 아니잖아!"

츠유가 뚱~해져서 입을 쭉 내미는 아시도에게 말했다.

"어머, 그래도 다크 섀도가 얼마나 강한데. 오늘 점심 먹으라고 부르러 갈 때, 토코야미가 훈련 중인 동굴을 들여다봤는데 어둠 속에선 다크 섀도가 되게 용맹하더라? 토코야미도 엄청 고생하는 눈치였어."

"하지만 환할 때는 귀엽지! 알았숑! 이라고 대답하기도 하고."

오챠코는 그때의 다크 섀도를 떠올리며 뺨을 부드럽게 이완시켰다.

"맞아맞아. 기말 실기시험 볼 때 토코야미랑 같은 팀이었는데, 토코야미가 엑토플라즘 선생님의 '개성'을 보고 『엄청난 만능 '개성'』이라고 말했더니, 다크 섀도가 『나도 그래』라며 팩 토라지더라고."

"귀여워."

"응!"

야나기와 코다이도 그 모습을 상상한 것인지, 뭔가 빈약했던 표정이 살짝 풀어졌다. 하가쿠레도 느슨한 목소리로 "어린애 같은 일면!"이라며 뒷말을 이었다.

"괜찮네, 다크 섀도."

켄도가 솔직하게 그렇게 말하자, 다른 소녀들도 "응, 괜찮네"라며 마치 이제껏 전혀 몰랐던 새로운 남자 한 명을 떠올린 것처럼 고개를 끄덕였다. 아시도도 "…쓸 만한가?"라고 생각한 그때, 지로가 입을 열었다.

"그리고 '개성'이니까 언제나 함께."

"아니지! 늘 함께 다니는 건 토코야미잖아!"

지로의 말에 소리치는 아시도.

"그럼 다크 섀도라는 '개성'을 가진 토코야미가 네 타입인 걸로!"

"타입인 걸로! 좋아하시네!"

그녀를 놀리는 듯한 하가쿠레의 유쾌한 음성에, 아시도가 콧김을 씩씩거리며 열을 냈다.

"이렇게 된 이상, 오기로라도 가슴 찡한 감동을 끌어내보겠어! 다음은… 현역 히어로들 중에서 만약 결혼한다면 누구랑?!"

"으엑~~?"

그렇게 소리를 지르면서도 소녀들은 즐거워하는 눈치였다.

소녀들끼리 나누는 이야기는 언제나 약간 속되고, 무척이나 신랄하고, 그러면서도 애교가 넘쳐난다. 그리고 가슴 찡함과는 별개로, 어느 새 마음을 훈훈하게 가득 채워 준다.

그래서 이야기는 끊이는 법이 없고, 이불 위의 여자 모임은 아직도 끝날 줄을 모른다.

Part. 5

OVER THE TOP

"이리 오너라!!"

그 목소리와 함께 A반 남자들이 자는 큰 방 장지문이 콰당, 하고 마치 도장 깨기 하러 쳐들어온 양 힘차게 열렸다.

"여어, 왔구나?"

키리시마가 그렇게 씨익 웃으며 맞이한 것은, 막 목욕을 마치고 전원 따끈따끈한 상태가 된 B반 남자들이었다. 물론 A반 남자들도 다들 있었다. 두 반 사이에는 간이 테이블이 놓여 있다.

"오래 기다렸지?!"

B반의 중심에 있는 것은 테츠테츠였다. 서로 마주한 A반과 B반 사이에, 친목을 도모하고자 하는 우호적인 무드는 눈곱만큼도 없었다. 얼굴에 드리워져 있는 미소도 호전적이었다.

다만, 그 안에는 기본적으로 충돌을 별로 좋아하지 않는 남자들의 망설임도 섞여 있었다. 그러나 그 망설임도 심약함이 내포된 것은 아니다.

그것도 그럴 만한 것이, 지금부터 A반과 B반은 싸워야 할 운명에 처해 있었던 것이다.

남자는 언제나 싸움을 갈구하는 생물이다. 그런 남자들이 모이면 싸움이 발생하는 것은 필연적일 수밖에 없다. 그러나 그곳에 이유나 신념이 없다면, 그것은 단순한 폭력에 지나지 않는다.

남자들이 싸우는 이유, 그것은—.

그것은 몇 시간 전으로 거슬러 올라간다.

'개성'을 단련하는 훈련은 가열하고 가혹하기가 이를 데 없었다. 한계를 돌파하려면, 당연히 한계까지 내몰리지 않으면 안 되기 때문이다. 한계까지 내몰린 몸이 원하는 것, 그것은 휴식이자 영양이었다.

그런 모두가 기다리고 기다리던 저녁식사. 가혹한 상황 속에서 밥은 꼭 필요한 영양이자 위안이기도 했다. 자신들이 만든 카레를 숙소 앞 목제 테이블에서 걸신들린 듯이 먹고 나자, 만델레이가 말했다.

"내일 저녁은 고기 감자조림이다."

"오옷—!"

고기와 함께 감자 등의 채소를 간장과 설탕 등으로 졸인, 소위 어머니의 맛이라고도 불리는 일본 가정식의 대표 주자. 배가 카레로 꽉 찼는데도, 내일 먹을 고기 감자조림을 생각하며 남자들은 흥분해 있었다. 그런데 그 다음에 이어진 만덜레이의 말.

"고기는 돼지고기와 쇠고기가 있으니까, A반과 B반끼리 어느 쪽이 좋은지 골라놓으렴."

그 말에 다소 술렁임이 터져 나왔다.

"고기 감자조림은 원래 돼지고기잖아?"

"어? 쇠고기 아냐?"

고기 감자조림은 동일본에선 돼지고기, 서일본에선 쇠고기로 만드는 게 주류라고 한다. 또한 지역과는 상관없이, 각 가정마다 다르기도 하다. 돼지다, 쇠고기다, 의견이 갈린 사람들을 보고 이이다가 손을 빙글빙글 돌리며 벌떡 일어났다.

"그럼 지금 결정해버리자! 괜찮지? 켄도!"

약간 떨어져 앉아 있던 켄도는 그 말에 벌떡 일어섰다.

"그래, 좋아. 그럼 가위바위보 해서 이긴 쪽이 고르는 걸로."

"이의 없어. 그럼…."

"잠깐만!"

반장들끼리 가위바위보를 하려던 그때, 그것을 저지하는 목소리가 울려 퍼졌다. 스윽, 하고 일어선 것은 B반의 모노마였다.

"얘들아, 가위바위보 따위로 결정하는 건 재미없잖아. 이럴 땐 정식으로 대결해서 정하는 게 좋지 않을까?"

"뭐? 그냥 가위바위보로 충분하잖아."

켄도가 그렇게 말하자 모노마는 코웃음을 팍 쳤다.

"무슨 소리야, 켄도. 꼴 보기 싫은 A반과 직접 대결할 수 있는 모처럼의 찬스인데! 그깟 가위바위보 따위로 결정하다니, 너 바보 아냐?"

"그러니까 딱히 꼴 보기 싫지 않다고—."

매사에 주목을 끌어 모으기 일쑤인 A반에 사사건건 대항하는 모노마에게, 가까이 있던 야나기가 말했다.

"돼지든 소든, 딱히 어느 쪽이든 상관없어."

"응."

그 의견에 옆에 있는 코다이도 고개를 끄덕였다. 그런 여자들의 의견에 테츠테츠가 남자답게 말했다.

"고기만 먹을 수 있다면, 나도 어느 쪽이든 상관없어!"

그런 테츠테츠에게 다른 남자들도 동의했다. 테츠테츠와 체육대회 때 싸운 이후로, 남자들 간의 우정이 깊어진 키리시마도 고개를 끄덕였다.

"고기는 뭐든지 맛있으니까!"

"그렇지?!"

키리시마와 테츠테츠는 씨익 웃으며 서로 엄지를 치켜들었다. 키리시마의 '개성'은 경화(硬化), 테츠테츠의 '개성'은 스틸. 둘 다 몸이 딱딱해지는 '개성'인 데다, 의협심을 소중히 여기는 뜨거운 성격이라 죽이 짝짝 맞았다.

그런 의견에 동화된 것처럼 다른 학생들도 어느 쪽이든 상관없다는 분위기가 확산되던 그때, 또 다시 모노마가 언성을 높였다.

"뭐엇? 어느 쪽이든 상관없을 리가 없잖아? 고기 감자조림은 당연히 돼지고기지."

이렇게 말했지만, 사실 모노마도 내심 어느 쪽이든 상관없었다. 단지 생트집을 잡아 대결로 몰고 들어가, A반을 이기고 싶은 것뿐이었다. 그리고 A반에 불을 지르려면 그 발화점으로 누가 좋은지도 모노마는 잘 알고 있었다.

"…아아. 하지만 A반이 정 어느 쪽이든 상관없다면, 가위바위보도 하지 말고 그냥 우리가 고르게 해줘. 나로선 쇠고기 감자조림 따윈 상상도 할 수 없지만, A반은 상관없다면서? 안 그래? 바쿠고."

"아앙?"

A반의 발화점, 바쿠고에게 모노마는 밉살스러운 미소를 씨

익 지어보였다.

체육대회 기마전 때, 모노마와 바쿠고의 팀은 격렬하게 맞붙었고 결과적으로 승리에 탐욕스러운 바쿠고 팀이 이겼다. 둘 다 싸운 뒤에는 이제 친구! 라는 식의 산뜻한 성격도 아니라, 원한이 남은 것까진 아니지만 서로 확실하게 마음에 들지 않는 눈치다.

"넌 그냥 쇠고기여도 괜찮은 거지? 대결을 포기한 A반을 제치고 선택한 돼지고기는 얼마나 맛있을까! A반은 쇠고기 감자 조림이나 먹으라지."

명백한 상대방의 도발. 그러나 이런 것에 불이 붙는 것이 우리의 바쿠고였다.

"…웃기지 마, 우리도 돼지고기야!!"

사실 바쿠고도 돼지나 소, 어느 쪽이든 상관없었다. 그러나 B반이 일방적으로 꼬투리 잡으며 넘긴 고기 따위를 자존심으로 똘똘 뭉친 바쿠고가 받아들일 리 없었다.

"그럼 대결해서 결정하는 수밖에 없겠네."

"당연하지! 등신 같은 B반 따윈 뻥 걷어차서, 돼지고기를 쟁취해주마!!"

바쿠고의 폭언에 B반 남자들도 발끈했다.

"뭐라고?! 등신 같은 B반이라니, 무슨 뜻이야!"

"등신이 등신이지, 뭐겠냐!"

"미안하다, 테츠테츠! 바쿠고의 저 말은 그냥 입버릇 같은 거라서."

"등신처럼 두둔하지 마! 이 등신 같은 머리털아!"

이이다가 멋대로 대결을 선언하는 바쿠고에게 깜짝 놀라, 팔을 격렬하게 위아래로 흔들며 항의했다.

"바쿠고! 넌 또 그렇게 네 멋대로…. 지금은 신성한 합숙 중이라고!! 그런데 대결이라니…!"

"상관없어! 상대가 먼저 걸어온 시비는 받아주는 수밖에 없지!!"

"시비 걸고 있는 건 그쪽이잖아!"

테츠테츠 옆에서 치아가 훤히 드러난, 언뜻 보면 해골처럼 생긴 호네누키 쥬조가 달려들었다. 다른 B반 남자들도 바쿠고의 태도에 어느 새 열불이 나 있었다.

"선생님!"

야오요로즈가 아이자와에게 제지해 달라고 부탁하려 했으나, 아이자와는 조용히 관망할 뿐이었다.

"그냥 싸우게 놔둬."

"하지만."

"훈련시간 외엔 자유다. 주위에 민폐를 끼친다면 논할 가치도 없겠지만."

그 말에 이이다가 헉하고 숨을 삼켰다.

"확실히 자유 시간은 각자의 자유…. 하지만 그 안에서 자주성을 중시하며, 학생들끼리 절차탁마하는 것도 히어로로서 투쟁심을 양성하는 특별한 시간…. 그런 뜻이로군요? 선생님!"

"…그런 뜻이지."

저녁식사 후라서 아이자와가 다소 느긋해지며 귀찮아하고 있다는 사실도 모른 채, 이이다는 깊이 납득해서 말했다.

"그럼 제군, 팔씨름으로 승패를 결정하는 건 어떨까?!"

이리하여 남자들은 고기를 걸고 싸우게 되었다. 먼 옛날부터 맘모스를 사냥했듯이, 고기를 갈구하는 것이 남자의 습성일지도 모른다. 다만, 그 당시의 남자들은 촌락에서 기다리는 여자와 아이들을 위해 필사적으로 싸웠지만, 현대의 여자들은 왁자지껄 여자 모임을 열고 있다.

그리고 이때, 미네타가 없다는 사실을 남자들은 모르고 있었다.

아무튼, 고기라는 이름의 자존심을 건 A반과 B반의 대결이 시작되려 하고 있었다. 중간에 놓여 있는 간이 테이블은 팔씨름 링으로 쓰려고 빌려온 것이다.

바쿠고가 테츠테츠의 옆에 있는 모노마를 향해 대담한 미소를 지었다.

“하! 따라쟁이 자식. 용케 안 도망쳤구나?”

“이제야말로 A반을 쳐부술 수 있는 이 좋은 기회에 도망칠 리 없잖아?”

계획대로 바쿠고를 부추겨, 대결로 몰아넣은 모노마도 지지 않고 대담한 미소로 응수했다.

“승리의 돼지고기를 먹는 것은 우리 B반이야! 내일 너희 A반이 부러운 듯 우리의 돼지고기를 쳐다보는 모습이 눈에 선하다. 패배자의 눈빛을 한 너희가!”

HAHAHAHAHA 하고 소리 높여 웃는 모습은 영락없는 빌런 같았다.

“이기는 건 나야! 돼지고기, 혼자서 다 먹어주마…!”

“야! 독점하지 마!”

뒤에 있던 세로가 완전히 달아오른 바쿠고에게 태클을 날렸다.

“하아—, 어째 기묘한 사태가 벌어졌네.”

“그러게.”

당황한 이즈쿠도, 토도로키도, 돼지든 소든 어느 쪽이든 상관없었다. 그러나 반 대항으로 돌변한 이상, 참가하지 않을 수도 없었다. 그런 두 사람 옆에 있던 이이다가 대치하는 A반과 B반 사이를 스윽, 하고 막아섰다.

팔씨름에는 심판이 필요하다. 성실한 것으로 정평이 난 이이다가 적임자라고, A반뿐만 아니라 B반에서도 맡긴 것이다. 다만, 모노마만은 "A반에 유리하게 판정하는 것 아냐?!"라며 혼자서 반대했으나, 다수결에는 이길 재간이 없었다.

"그럼 바로 팔씨름을 시작하자."

그 목소리를 신호로 A반과 B반, 각 반의 대표 선수들이 앞으로 나왔다. '개성'은 사용하지 않는 순수한 힘겨루기로, 대결은 각 반의 5명이 한 명씩 나가 싸우는 단체전이다. 더 많이 이긴 쪽이 승리한다.

A반 대표는 오지로, 쇼지, 코다, 키리시마, 바쿠고.

B반 대표는 쇼다 니렌게키, 호네누키, 시시다 쥬로타, 아와세 요세츠, 테츠테츠.

악력이나 힘이 센 사람을 주로 뽑은 것 같다. 그러나 그 멤버들을 본 바쿠고가 미간에 주름을 잡았다. 시선이 향한 곳에 있는 건 뒤쪽에서 천연덕스럽게 대기하고 있는 모노마였다.

"넌 그렇게 선동해놓고 안 끼는 거냐?!"

"내가 힘이나 자랑할 것처럼 보여? 난 전략 담당이야."

이즈쿠는 바쿠고의 염장을 지르고, 미꾸라지처럼 피하는 모노마를 "대단하다…"라며 약간 존경심을 담은 눈빛으로 바라보았다. 마치 투우사 같다. 그 옆에서 식후의 졸음을 꾹 참으며, 의외로 우직하게 대결을 지켜보고 있던 토도로키가 끝내 참지 못하고 하품을 했다.

"쳇, 얼른 시작해!"

신경질 난 바쿠고가 이이다를 재촉했다. 그러나 이이다는 뭔가 마음에 걸리는 일이 있는 것처럼 "뭔가 잊어버린 것 같은데…"라며 고개를 갸웃거렸다.

그리고 방에 걸려있는 시계를 보더니 헉하고 놀랐다.

"오, 맞다! 이제 곧 보충 수업 시간 아냐?!"

그렇게 말하자 키리시마, 세로, 카미나리, 사토가 "앗" 하고 소리를 질렀다. 목욕 시간이 앞당겨진 남자들은 보충 수업 시간도 빨라진 것이다.

"아~, 보충 수업 싫은데—!"

"하는 수 없지. 야, 카미나리, 얼른 가자."

"파이팅!"

지옥에 가기 싫다며 떼쓰는 카미나리를 질질 끌고 가는 세로와, 두 주먹을 불끈 진 포즈를 남기고 떠나가는 사토. 문제는 키리시마였다. 본인도, 그리고 다른 사람들도 대결에 중점을 두느라 보충 수업의 존재를 까맣게 잊고 있었던 것이다.

"어떻게 하지?"

"…크, 내가 기회를 엿봐 빠져나올게!"

"키리시마! 보충 수업은 제대로 받아야지!"

"화장실 가는 김에 살짝 들르는 정도라면 괜찮지 않을까?!"

키리시마가 아쉬워하며 허둥지둥 방을 빠져나갔다. 설마 했던 대표 선수의 부재에 A반이 일말의 불안감에 휩싸이는 순간, 마치 기다리기라도 한 듯이 모노마가 말했다.

"어라라라라라?! 우수한 A반에 그렇게나 보충 수업이 필요했을 줄이야! 그리고 대표 한 명이 보충 수업 때문에 빠지다니, 괜찮겠어~?! 이건 거의 승리는 따 놓은 것이나 마찬가지네!!"

또 다시 깔깔거리며 웃는 모노마. 진실을 지적당하고 A반이 반론하지 못한 채 입술을 꽉 깨물던 그때, 모노마가 등을 휘릭 돌렸다.

"뭐, 그렇게 됐으니, 나도 보충 수업 다녀올게."

"너도냐?!"

"나중에 슬쩍 빠져나올게."

그렇게 말하며 방을 나서는 모노마를, 이즈쿠는 "어쩌면 모노마는 거물일지도 몰라…"라며 경외심을 담은 눈빛으로 배웅했다. 그 옆에서 토도로키는 "터무니없는 소인배일 수도 있어"라고 말하며, 하품을 억지로 참았다.

"그럼 바로 시작해보자! 제1회전, 오지로 대 쇼다!"

먼저 말을 꺼낸 장본인인 모노마가 빠져나가 미묘한 분위기가 감돌았으나, 이이다의 카랑카랑한 목소리에 오지로와 쇼다가 테이블 앞으로 나왔다.

"오지로, 잘 부탁한다."

"응, 나야말로."

약간 작고 오동통한 체형의 쇼다와 외까풀에 시원스러운 이 목구비를 가진 오지로가 시합 전에 인사를 나눈다.

참고로 두 사람은 체육대회 기마전 때 일반과의 신소 히토시의 '개성'에 세뇌되고도 싸워 이겼으나, 싸운 기억이 없는 상태로 상위에 진출할 순 없다며 둘 다 나란히 결승을 고사했다. 그리고 시합이 끝나고도 여한의 여자도 남기지 않는, 산뜻한 상식인들이었다.

두 사람은 정식으로 테이블 위에서 손을 맞잡았다. 쇼다의 올록볼록 갓난아기 같은 손과 오지로의 뼈대가 굵은 손은 대조적인 조합을 이뤘다.

"그럼 둘 다 준비는 됐지?"

이이다가 두 사람의 팔꿈치가 테이블에 제대로 붙어 있는지 등을 확인하고, 두 사람이 맞잡은 손 위에 다시 손을 올렸다. 비록 팔씨름이라 해도, 이 대결 개시로 큰 방 안은 약간의 긴장감에 휩싸였다.

A반에는 오지로 쪽이 더 유리하다는 분위기가 감돌았다. 오지로의 '개성'은 강인한 꼬리였으나, 그의 무기는 무엇보다 특기인 무술을 이용한 높은 전투 능력이기 때문이다. 평범하게 싸우면 오지로가 승리할 것이다.

"레디…고—!!"

그러나 이이다의 구령과 함께 대결은 한 순간에 정리되었다.

"잘했어, 니렌게키!!"

결과는 쇼다의 전광석화와 같은 승리였다. 아연실색한 오지로 앞에서 쇼다가 약간 쑥스러우면서도 우쭐한 미소를 지었다.

"아앙?! 뭐 하는 짓이야, 오지로, 이 새끼야!"

"오지로가 지다니…."

격분한 바쿠고와 납득이 안 가는 듯 얼굴을 찡그리는 토코야미.

"미안해, 얘들아. 그런데 순식간에 끌려갔어…."

직접 체감한 오지로가 마치 여우에 홀린 것처럼 중얼거렸다.

그런데 그때, 시합 상태를 물끄러미 지켜보던 이즈쿠가 "—아니"라며 입을 열었다.

"쇼다의 톱 스피드가 좀 더 빨랐어. 어쩌면 저 올록볼록한 손 때문에 오지로가 미처 몰랐던 건지도…."

"확실히 갓난아기 같은 저 손에 순간적으로 정신이 팔렸던 것 같아…. 예상 외로 말랑말랑해서 혹시 얘가 다치면 어쩌나 하고."

"상대방을 방심시키는 손이라. 설마 그런 작전으로 나올 줄이야…. 어쩌면 비밀리에 빌런에게 접근할 때, 상대방을 방심시키는 데에 효과적일지도. 악수로 방심시켜 허점을 만드는 거지. 게다가 쇼다의 유순해 보이는 생김새도 중요해. 순간적인 틈새로 날아든 공격은 대미지가 두 배로 커지는 법이니까."

히어로가 되기 위해 언제나 히어로를 연구해온 이즈쿠의 사고회로는 항상 히어로로서 빌런 대책을 세우도록 구성되어 있었다. 중얼중얼 생각하기 시작한 이즈쿠에게 쇼다가 난감한 듯 말했다.

"아니, 난 그냥 평범하게 팔씨름을 한 것뿐이야."

"에잇—, 시끄러! 빨리 다음 판으로 넘어가!"

바쿠고가 승리에 부르르 끓어오른 B반에 신경질을 내며 이이다를 재촉했다. 이이다는 "넌 정말 여전히 입이 험하구나…!"

라고 말하면서, 제2시합의 상대를 호명했다. 쇼지와 호네누키가 앞으로 나왔다.

"파이팅, 쇼지!"

"승리를 쟁취하는 건 남자의 긍지…."

이즈쿠와 토코야미의 응원에 촉발된 것처럼 아오야마도 비스듬히 몸을 틀며 말했다.

"이기면 내 레이저 라이트 빌려줄게☆"

아오야마의 제안에 쇼지의 복제팔에 달린 입이 "필요 없어"라고 대답했다.

B반의 승리는 A반에 불을 지폈다. 대결을 하기로 한 이상, 승리를 추구하는 것은 당연한 일이다.

"레디…고—!!"

"흐읍."

힘과 힘이 충돌하며 두 개의 팔이 부들부들 흔들렸다. 순풍을 타기 위해 B반이 응원에 열을 올렸으나, 그 균형은 눈 깜짝할 사이에 무너졌다. 압도적인 완력으로 쇼지가 호네누키의 손을 힘차게 테이블에 패대기친 것이다.

"오오—, 제법인데?"

그 완력에 토도로키도 감탄한 듯 중얼거렸다. 승리에 부르르 끓어오르는 A반. "제기랄—" 하고 분통을 터트리는 B반을 보며, 바쿠고가 “흥” 하고 만족스러운 듯 웃었다. 그 무시하는 듯한 미소가 테츠테츠의 비위를 건드렸다.

“저 녀석은 왜 저렇게 잘난 척이야?!”

이번에는 B반에 불이 붙어 맞이한 3회전. 바위 같은 몸을 갖고 있지만 내성적인 코다 대 야수 같은 외모에 안경이 미스매치 된 시시다였다. 둘 다 생김새만 본다면 훌륭한 대결이다.

“파이팅, 코다!”

“해치워버려, 쥬로타—!”

각자 응원을 받으면서 코다와 시시다가 손을 잡았다.

“레디…고—!!”

두 사람의 완력은 엇비슷한 것인지, 거의 한가운데서 부들부들 멈춰있기만 했다. 어떻게든 대결에서 이겨보려고 포효하는 시시다에게 움찔움찔 떨면서도, 코다는 열심히 버티고 있었다.

“코다, 쓰러뜨려—!”

“힘내라, 쥬로타—!”

백중세를 이루는 싸움에 두 반의 응원도 후끈 달아오른 가운데, 살며시 큰 방에 찾아온 인물을 인지한 사람은 아무도 없었다.

“…크.”

끈덕지게 시시다의 스태미나가 다 되기를 기다리던 코다가 서서히 시시다의 팔을 쓰러뜨리기 시작했다.

"밀어붙여—!!"

"버텨, 쥬로타—!!"

환희와 비명이 뒤섞인 그 공간에서, 홀로 그 자리와 어울리지 않는 맹한 목소리를 내는 이가 있었다.

"앗, 벌레다."

"꺄아아악?!"

벌레를 싫어하는 코다가 그 즉시 뒤로 펄쩍 뛰었다. 그렇게 힘이 빠진 순간, 시시다에게 밀쳐져 넘어가고 말았다.

"무슨…, 앗, 모노마?! 어느 틈에!"

"방금 전에."

목소리의 정체는 모노마였다. 아까 말한 대로 보충 수업에서 빠져나온 것이다.

"윽?! 큭?!"

가까이에 있던 이이다의 등 뒤에 숨어 벌레에 잔뜩 겁먹은 코다.

"진정해, 코다! 벌레 따윈 안 보인다구!"

"어라? 벌레가 있는 줄 알았는데 잘못 봤나~?"

"너 이 자식, 방해한 거지?!"

천연덕스럽게 우기는 모노마에게 바쿠고가 달려들었으나, 모노마는 전혀 아랑곳하지 않았다.

"증거도 없으면서 생사람 잡지 말아줘. 지니까 내 탓으로 돌리다니, 꼭 성격 나쁜 건달 같잖아! 아아, 무섭다, 무서워!! …그럼 난 보충 수업 받으러 돌아가봐야 돼서."

"아앙?! 뭐야, 저 놈은?!"

방에서 샥 빠져나가는 모노마를 보며, 쇼다가 약간 미안한 듯 입을 열었다.

"모노마가 나쁜 녀석은 아닌데. …다만, 우리 B반을 좀 지나치게 생각하는 경향이 있어서…."

"알 게 뭐야!! 야, 바위! 너도 그깟 벌레 정도로 쫄지 마!"

바쿠고가 성질을 내자 시무룩해진 코다에게 토코야미가 말했다.

"누구에게나 귀문(鬼門)은 있는 법…. 신경 쓰지 마."

대결은 1대2로 B반이 우세했다. 5판 대결이라 다음번에도 B반이 이기면, 더 많은 승수로 최종 우승자는 B반이 된다.

"자, 그럼 4회전은 키리시마와 아와세인데…."

"어떻게 하지?"

테이블 앞으로 나온, 머리에 반다나를 두른 아와세가 이이다를 보며 물었다. 키리시마는 아직 오지 않았기 때문이다.

"그러게…. 빠져나오겠다고 말하긴 했지만, 그렇게 맘처럼 쉽진 않을 거야. 그렇게 되면 바쿠고와 테츠테츠의 대결부터 먼저 하든가, 혹은 새로운 대표를 정해야 할 것 같은데."

"난 먼저 해도 상관없어!"

테츠테츠가 어떻게 해야 될지 생각에 잠긴 심판 이이다를 배려하며 남자답게 말했다. 그러나 바쿠고가 불손한 태도로 말했다.

"웃기지 마. 대장전(戰)은 맨 마지막이잖아."

"뭐엇? 넌 어쩜 그렇게 너밖에 모르냐!"

"시끄러."

이즈쿠는 바쿠고에게 정면으로 달려드는 테츠테츠를 신선한 기분으로 빤히 응시함과 동시에, 바쿠고의 태도는 원래 이런 것이려니 하고 무덤덤하게 받아들이고 있던 자기 자신에게 미묘한 표정을 지었다.

'익숙해진다는 건 참 무서운 거구나….'

말다툼을 벌이는 테츠테츠와 바쿠고가 더욱 흥분하려던 그 때, 부리나케 누군가가 큰 방으로 들어왔다. 키리시마였다.

"미안! 좀 늦었지!"

"지금부터 막 시작하려던 참이었어, 키리시마!"

"승패는?!"

"1대2로 우리가 지고 있어."

"정말?! 좋았어, 얼른 하자!"

키리시마와 아와세가 손을 맞잡았다. 테츠테츠와 바쿠고도 일단 말다툼을 중단하고 대결을 지켜보는 가운데, 이이다가 입을 열었다.

"레디…고—!!"

"큭!!"

초반의 리드를 빼앗은 것은 아와세였다. 단숨에 몰아치듯이 키리시마의 손등을 테이블 코앞까지 몰아넣었다. 키리시마는 테이블에 아슬아슬하게 붙을락 말락 한 낮은 위치에서 버텼으나, 압도적으로 불리한 각도에서 쏟아지는 압력에 서서히 밀리기 시작했다.

"키리시마, 버텨—!"

"밀어붙여, 아와세—!!"

양쪽 반의 응원이 과열되었다. 그러나 키리시마의 손은 조금만 더 있으면 테이블에 닿을 것 같았다. 그런데 그때, 바쿠고가 일갈했다.

"키리시마! 지면 나가 죽어!!!"

"큭…!!"

순간적으로 다들 '어, 나가 죽어?'라며 정신을 빼앗겼다. 그

중에는 아와세도 끼어 있었다. 그 순간적인 틈새에 키리시마가 “우오오오옷!” 하며 강한 완력을 휘둘렀다.

콰앙, 하고 아와세의 손이 테이블에 패대기쳐졌다.

“응원 고마워!”

이기고 바쿠고에게 웃으며 그렇게 말하는 키리시마를 보고, 또 다시 다들 ‘어라? 응원이었어…?’라며 고개를 갸웃거렸다.

아무튼 2대2 동점. 대결의 행방은 마지막 대장전으로 넘어갔다. 키리시마는 대결을 끝까지 지켜본 다음에 보충 수업으로 돌아갈 모양이다.

바쿠고와 테츠테츠가 만반의 준비를 마치고 테이블 앞으로 나왔다.

“바쿠고…, 테츠테츠…. 아아~, 도대체 난 어느 쪽을 응원해야 하지…?!

그렇게 말하면서 머리를 끌어안는 키리시마. 두 친구들 사이에서 고민하는 키리시마에게 테츠테츠는 네 마음 다 안다는 듯이 엄지를 번쩍 치켜들었다.

“키리시마! 난 신경 쓰지 마!”

“…미안하다, 테츠테츠! 난 A반이라서!”

“젠장, 짜증나!!”

바쿠고는 남자들 간의 뜨거운 우정을 싹둑 잘라 던져버렸다.

"바쿠고, 파이팅!"

키리시마의 응원을 받으면서, 바쿠고와 테츠테츠가 테이블 위에서 손을 맞잡고 서로 노려보았다.

"빛의 속도로 죽여주마."

"이기는 건 우리 B반이야!"

"얘들아, 대결은 아직 시작하지 않았어! 힘 빼!"

맞잡은 시점에서 이미 넘쳐나는 투쟁심에 휩싸여, 상대방의 손을 자빠트리려 드는 바쿠고와 테츠테츠. 이이다가 다시 한 번 손을 맞잡게 하고, 두 사람의 손 위에 자기 손을 올려놓았다.

양쪽 반은 숨을 삼키며 스타트 신호를 기다렸다.

"레디…고—!!"

"큭!!"

첫 스피드에서 앞선 것은 바쿠고였다. 시작하자마자 테츠테츠의 손등을 테이블의 아슬아슬한 위치까지 몰아넣었다. 그러나 테츠테츠가 근성으로 버티며 천천히 회복하기 시작했다. 바쿠고도 마치 그 근성을 인정하듯이 씨익, 하고 살짝 웃으며 혼신의 힘을 쥐어짰다. 그러나 테츠테츠도 그것에 호응하듯이 버티면서, 온몸의 힘을 팔에 집약시켰다.

힘과 힘이 충돌하며 삐거덕거리듯 부들부들 떨리는 팔과 팔. 숨도 쉴 수 없는 일진일퇴의 뜨거운 공방이다.

"바쿠고, 밀어붙여—!!"

"테츠테츠, 지지 마—!!"

자연스레 응원에도 열기가 들어갔다. 걸려있는 상품이 돼지고기라고는 상상할 수 없을 만큼 뜨겁게 달아오른 싸움이었으나, 시간은 천천히 그 재능의 차이를 드러내기 시작했다.

바쿠고가 테츠테츠의 호흡을 읽어가며 확실하게 손목을 감아들기 시작한 것이다.

"큭…!"

서서히 힘의 균형이 깨졌다. 바쿠고의 팔이 테츠테츠의 팔을 슬금슬금 쓰러뜨리기 시작했다.

"테츠테츠—!!"

"바쿠고—!!"

비명과 같은 노성이 B반에서, 흥분한 환성이 A반에서 터져나와 큰 방을 가득 채웠다.

"지면 안 돼, 테츠테츠—!!"

호네누키도 제발 기적이 일어나라는 듯이 소리쳤다. 그래서 그 어깨에 누군가의 손이 닿았다는 사실도 인지하지 못했다.

"크윽…!!"

혼신의 힘을 쥐어짜도 테츠테츠의 손은 곧 테이블에 닿으려 하고 있었다. 분한 듯이 테츠테츠가 얼굴을 찡그리고 바쿠고가 승리를 확신한 그때, 갑자기 그 발밑이 휘청하고 흔들렸다. 아니, 흔들리고 있는 것은 다다미였다. 심지어 바쿠고의 발밑만.

"엇?!

깜짝 놀란 바쿠고의 이변도 깨닫지 못하고, 필사적으로 버티고 있던 테츠테츠의 팔이 그 틈새를 놓치지 않고 상대를 밀쳐 쓰러뜨렸다. 승리를 목전에 두고 휘청거리고 만 바쿠고가 발밑을 집어삼키는 다다미를 피해 뒤로 펄쩍 뛰었다.

"뭐야, 이건?!"

말랑말랑해진 다다미에 이즈쿠가 헉하고 놀랐다.

"이건… 호네누키의 '개성'인 유화(柔化)?!"

유화는 말 그대로 뭐든지 부드럽게 만들어버리는 것이다. 이즈쿠의 말에 주목을 끌어 모은 호네누키가 황급히 "난 아니야! 아무 짓도 안 했어!"라고 말했다.

그러나 다다미를 말랑말랑하게 만드는 일은 유화라도 쓰지 않는 한 불가능한 일.

SMASH
MY HERO ACADEMIA
나의 히어로 아카데미아

"그렇다면 설마…."

"…앗, 너 이 새끼!"

바쿠고가 무언가를 깨닫고 언성을 높였다. 그곳에는 지금 막 큰 방에서 몰래 빠져나가려 하고 있는 모노마가 있었다. 보아하니 또 다시 보충 수업에서 빠져나온 모양이다.

"어? 왜?"

천연덕스러운 얼굴로 뒤를 돌아보는 모노마의 '개성'은 카피. 타인을 만져서 그 사람의 '개성'을 딱 5분 동안 카피할 수 있는 것이다.

"방금 이건 네 놈이 한 짓이잖아!!"

"으에엑? 무슨 소리야? 증거도 없으면서 범인 취급 좀 하지 말아줄래?!"

그리고 모노마는 깔깔깔 웃으면서 또 다시 보충 수업으로 돌아갔다. 키리시마도 보충 수업을 떠올리고, "미안! 뒷일은 맡기고 갈게!"라며 서둘러 큰 방을 떠났다.

"저 따라쟁이 자식, 죽여버리겠어!!"

"나, 나쁜 녀석은 아니야. 아마도…."

분노가 폭발한 바쿠고에게 쇼다가 미안한 듯 사과했다. 만약 이 자리에 켄도가 있었다면 수도 한 방이라도 날려줬겠지만, 유감스럽게도 한창 여자 모임 중이시다.

"어어—…저기, 승패는 어떻게 되는 거야?"

오지로가 눈치를 살피듯이 이이다에게 물었다.

"그러게…. 대결을 다시 할까…?"

그러나 그 말에, 바쿠고한테서 반대하는 목소리가 터져 나왔다.

"웃기지 마! 승리는 이미 정해졌다고!"

"뭐?! 난 거기서부터 당당히 만회했거든?!"

바쿠고의 말에 반론하는 테츠테츠. 뜨거운 열전에서 180도로 돌변해 버럭버럭, 하고 수습이 불가능한 말다툼으로 번져 버렸다.

"끄으응…."

심판 이이다가 난감한 듯 생각에 잠겼다. 분명 이 자리를 수습할 방법을 고민하고 있을 것이다. 이즈쿠도 어떻게든 힘이 되어주고 싶어 함께 생각에 잠겼다. 그리고 문득 시야에 들어온 물체에 번쩍하고 아이디어가 떠올랐다.

"…저기, 차라리 원점으로 돌아가 베개 싸움은 어떨까?"

"뭐?"

큰 방 한구석에는 이불이 개켜져 쌓여 있고, 그 위에 베개가 놓여 있었다. 이즈쿠는 이 베개를 보고 아이디어를 떠올린 것이다.

“하지만 미도리야, 본래 베개는 던지며 싸우는 물건이 아니잖아?”

“응, 그렇긴 한데…. 그 왜, 베개 싸움이라면 다칠 일도 없고, 승패도 가를 수 있을 테니까.”

“으음, 확실히 그건 큰 이점인데.”

망설이듯 생각에 잠긴 이이다에게 다른 남자들도 소리 높여 말했다.

“괜찮네, 베개 싸움!”

“왠지 기분이 막 흥분되는데? 베개 싸움!”

수학여행의 단골 행사에 남자들은 흥분했다. 다수의 찬성하는 목소리에 심판 이이다는 베개 싸움 개최를 결정했다.

다만, 인원수 측면에서 불리한 A반에 맞춰서 B반은 선발제로 했다.

A반 멤버는 미도리야, 토도로키, 바쿠고, 토코야미, 쇼지, 아오야마, 오지로, 코다.

B반 멤버는 테츠테츠, 호네누키, 아와세, 쇼다, 츠부라바 코세이, 카이바라 센, 시시다, 본도 코지로.

그리고 이이다는 계속해서 심판을 맡았다. 본래는 정식 베개 싸움의 룰이라는 것도 있다고 하는데, 여기선 그냥 서로 논의해서 간소화하기로 결정했다.

시간은 5분간. 사용하는 베개는 5개. 피구와 비슷한 요령으로, 베개에 맞더라도 떨어트리지 않고 캐치할 수 있으면 세이프. 떨어트리면 아웃으로 퇴장이다. 끝까지 남은 인원수가 많은 반이 승리하게 된다. 물론 '개성'을 사용해선 안 된다.

방 한가운데를 경계선으로 삼고, A반과 B반으로 갈라졌다. 선발에서 떨어진 B반 멤버들이 방 구석자리에서 "파이팅—!"이라며 성원을 보냈다.

"이번에야말로 네놈들이 지고 징징거리는 면상을 구경해주마."

"웃기지 마! 이기는 건 우리 B반이야!!"

내추럴하게 도발하는 바쿠고와 포효하는 테츠테츠 사이에 심판 이이다가 섰다.

"다들, 베개 싸움이지만 베개는 소중하게! 만든 분의 마음을 생각하면서 던져야 해!"

만든 분께선 분명 이것이 던져지는 걸 예상하진 않았을 텐데… 라고 이즈쿠는 생각했으나, 대결을 앞두고 있어 굳이 말하지 않고 넘어가기로 했다.

“그럼 베개 싸움 개시!!”

이이다의 신호에 맞춰 베개들이 일제히 큰 방 안에서 난무했다. 베개라고는 상상할 수 없는 스피드와 위력으로, 기세가 떨어지는 법 없이 날아갔다. 맞으면 나름 충격이 밀려왔다.

“큭!”

그래도 주워서 곧바로 다시 집어던진다. 그리고 또 다시 예기치 못 한 각도에서 날아드는 공격. 베개가 여러 개 있다 보니, 예상했던 것보다 더 성가시고 어지러운 공방에 내몰렸다.

“오오, 역시 다들 대단한데!”

정확하게 심판해야 한다며 집중하고 있던 이이다 역시, 한 발짝도 물러서지 않는 양쪽 팀에 자신도 모르게 감탄했다. 시작한지 몇 분이 지났지만, 누구 한 사람 아웃당한 이가 없었다.

“미도리야, 오른쪽!”

“큭! 고마워, 토코야미!”

“쳇!”

토코야미의 지적에 이즈쿠가 사각지대에서 날아온 호네누키의 베개를 즉석에서 피했다. 또한 전방에선 바쿠고가 점프하면서 테츠테츠를 향해 베개를 집어던졌다.

"죽어라! 쇳덩어리!!"

"이 정도쯤이야, 폭렬 캐치!!"

덥석! 하고 정면에서 남자답게 베개를 받아든 테츠테츠. 그리고 그것을 곧장 바쿠고를 향해 다시 던졌다.

"받아라, 강철 보머!!"

여기저기서 연대 플레이와 치열한 공격이 계속되었다. 그 모습은 더 이상 평범한 베개 싸움의 범주에 들어가지 않는 전투 같았다.

"이것 대단한데?! 팀으로 싸우면서 다양한 시뮬레이션도 할 수 있고, 베개가 5개나 있어서 공격 빈도수도 높아. 그렇다면 방어도 하면서 공격도 하지 않으면 안 되지. 공격과 방어의 균형을 맞추면서, 그 와중에 작전을 세우고…."

토도로키가 중얼중얼 떠들기 시작한 이즈쿠에게 날아든 베개를 덥석 캐치했다.

"미도리야, 생각은 나중에 해."

"앗, 미안!"

"집중해, 이 빌어먹을 데쿠야!"

그리고 눈 깜짝할 사이에 5분이 흘렀다.

"결과는 무승부네!"

모두의 싸움 솜씨에 감탄한 듯 이이다가 그렇게 선언했다.

결국 어느 누구도 아웃당하지 않은 것이다. 그게 당연한 일일지도 모른다. 평소에 다들 히어로과 실기 준비로 몸을 움직여 주고 있기 때문에, 웬만한 일로는 탈락하지 않도록 단련되어 있는 것이다.

"그럼 어떻게 하지?"

"한 번 더 하자, 한 번 더!"

마치 초등학생으로 돌아간 것처럼 흥분한 태도로 남자들은 열을 올렸다. 무슨 일이든 초반에는 즐거운 법이다.

—그러나, 무슨 일이든 결판이 좀처럼 나지 않으면 차츰 질리게 마련이다.

두 번째 대결에서도 탈락자가 나오지 않고 세 번째, 네 번째도 똑같이 무승부로 끝났다. "아—, 빨리 승패 좀 가려봐—"라며 B반의 관전 멤버들로부터 야유가 날아들었다.

그것은 당연히 싸우고 있는 멤버들도 동감이었다. 훈련을 끝내고 나서 전력으로 임한 베개 싸움에 체력도 많이 소모되었다. 빨리 결판을 내고 싶었다. 그러나 좀처럼 나지 않는다. 낼 수가 없다. 그러나 이렇게까지 대결을 거듭하고도 무승부로 끝내는 것은 있을 수 없는 일이다.

그런 남자들의 머릿속에 문득 한 가지 생각이 스친 것은 극히 자연스러운 흐름이었다.

'개성'을 쓸 수 있다면.

그리고 시작된 다섯 번째 베개 싸움.

"받아라, 철완 캐넌!!"

테츠테츠가 공격하며 던진 베개를 바쿠고가 캐치한다. 그 얼굴에는 좀처럼 결판이 나지 않는 것에 대한 절망감이 쌓일 대로 쌓여 있었다.

"너 인마, 아까부터 생각했는데 작명 센스가 촌스러워!!"

"뭐?! 멋만 있잖아!!"

"선사시대의 격투 게임이냐?!"

"폭살왕, 혹은 폭살경한테 그딴 소리 듣고 싶지 않은데?!!"

그것은 자신의 히어로 네임을 생각하는 수업 때 바쿠고가 지은 히어로 네임이었다. 그러나 결국 히어로답지 않은 이름이라 전부 기각 당했다.

"아앙?! 멋만 있잖아!!"

뚜껑 열린 바쿠고가 베개를 집어던지려 한 그 순간, 바쿠고의 손바닥에서 폭발이 일어났다. 바쿠고의 '개성'은 폭파. 손바닥의 땀샘에서 니트로 같은 물질을 배출해 폭발시키는 것이다. 그러나 방금 이것은 훈련 때문에 땀샘이 넓어진 탓이지, 결코 일부러 그런 것은 아니었다.

"스톱! 바쿠고, '개성' 사용은 룰 위반이야!"

"일부러 그런 거 아냐, 저절로 나와 버린 걸 난들 어쩌라고!"

그런 바쿠고의 말에 결판을 빨리 내고 싶었던 남자 몇 명이 헉하고 숨을 삼켰다.

그렇구나, 일부러 그런 것만 아니면 되는구나.

"그럼 재개!"

이이다의 목소리에 가장 먼저 반응한 것은 동그란 눈에 나른한 분위기를 가진 츠부라바였다. 짐짓 고의적으로 기침을 하는가 싶더니, 기침으로 위장해 후욱—하고 숨을 토했다. 그러자 공중에 투명한 원이 나타났다. 츠부라바의 '개성', 공기 응고다. 공기를 굳힐 수 있는 능력으로, 벽이나 발판으로 이용하기도 한다.

"이런, 나도 모르게 그만 실수로!"

"실수라면 어쩔 수 없지?!"

츠부라바와 서로 신호를 주고받은 것처럼 아와세가 그 발판에 올라타, 아연실색해 올려다보고 있는 코다를 향해 공중에서 베개를 던졌다.

"큭!"

가까이에 있던 오지로가 곧바로 그것에 뛰어들어 꼬리로 베개를 캐치했다.

"츠부라바! 오지로! '개성' 사용은 금지야!"

"미안해! 하지만 방금 이건 저쪽이 먼저."

곤란한 표정을 짓는 오지로 앞에서 바쿠고가 B반을 향해 흉악한 미소를 씨익 지었다.

"그래? 깜빡하고 실수로 그러는 건 어쩔 수 없다 이거지…?"

그리고 베개를 번쩍 치켜들면서, 츠부라바를 향해 손바닥으로 폭발을 일으켰다.

"실수로 죽어라!!"

"크?!"

바쿠고의 공격에 화들짝 놀라면서도, 츠부라바는 숨을 내뿜어 공기를 응고시켰다. 그러나 한발 늦어서 폭파의 위력에 휘말리고 말았다. 그 위로 베개가 날아들었으나, 발판으로 삼고 있던 원에 맞고 튕겨나갔다.

"아차차, 실수로!"

그렇게 말하면서 이번에는 호네누키가 A반의 다다미를 유화시켰다. 그 틈에 호네누키, 아와세, 카이바라가 베개를 집어던졌다.

"우와앗?"

이즈쿠는 베개를 피하면서 발이 걸리면 안 될 것 같아, 즉석에서 '개성'을 이용해 허공으로 점프했다. 이즈쿠의 '개성'은 원 포 올. 올마이트를 포함해 여러 명이 대대로 계승받아 키워온

강대한 파워다. 토코야미도 '개성'인 다크 섀도로 가까이에 있던 아오야마를 데리고 뛰어올랐고, 토도로키도 '개성'인 반랭반열로 얼음 발판을 생성해 코다, 쇼지를 거둬들였다. 바쿠고도 당연히 폭파를 일으켜 허공에 둥실 떠올라 베개를 집어던졌다.

"저기, 이제 '개성' 써도 되는 건가?"

기묘한 듯 토도로키가 질문을 던지자, 이즈쿠는 "아니, 그건 안 되는데 이건 불가항력이라고나 할까…"라며 대답이 궁해져 얼굴을 찡그렸다.

"뭐 하는 짓들이야, 너희들!! '개성'은 금지라고 했잖아!"

조금 떨어진 곳에서 심판 이이다가 팔을 붕붕 휘두르며 소리쳤으나, 그 고함소리는 "아이쿠, 실수!", "아이쿠, 실수!"의 연호에 묵살되었다.

"너희들, 왜 '개성'을 사용하는 거야?!"

"그래, 여기선 정정당당하게…!"

츠부라바 일행에게 주의를 주는 테츠테츠와 쇼다를 보고, 호네누키가 베개를 주우며 대답했다.

"이렇게라도 하지 않으면 결판이 안 날 것 같아서!! 아이쿠, 실수!"

베개를 복제팔의 촉수로 캐치한 쇼지가, 그 팔에 복제한 입으로 말했다.

"실수로 덤벼들면 이쪽도 실수하는 수밖에 없잖아?"

그리고 날개처럼 복제팔을 활짝 벌려 베개를 여러 개 단단히 캐치하더니, 일제히 힘차게 집어던졌다. 그리고 말했다.

"아이쿠, 실수."

"일리가 있네…. 아이쿠, 실수, 다크 섀도!"

"아이쿠, 실수. 알았숑!"

쇼지의 주장에 동의한 토코야미가 '개성'인 다크 섀도를 불러냈다. B반으로부터 날아든 베개를 다크 섀도가 빼앗아, 희희낙락거리며 B반에게 도로 던졌다.

그런 모습을 지켜보던 이즈쿠가 흥분해서 중얼중얼 읊조리기 시작했다.

"옳거니, 쇼지의 '개성'은 뭔가 여러 개의 물건을 동시에 캐치할 때 매우 편리하구나! 더욱이 동시에 던질 수도 있고. 그래, 가령 폭파범이 자포자기해서 폭탄을 집어던질 때라든가. 하지만 그건 폭탄의 위력에 따라 달라지기도 하겠지…. 으~음. 아, 하지만 토코야미의 다크 섀도라면 먼 곳까지 닿겠구나! 그리고 츠부라바의 공기 응고는 범용성이 높네. 투명해서 거의 눈에 띄지도 않고 소리도 작고. 어쩌면 인질을 잡고 있는 빌런의 머리 위로 몰래 접근할 수 있을지도…. 와아! 가능성이

무궁무진한데?!"

"구시렁대지 좀 마! 이 빌어먹을 데쿠야!!!"

"우앗?!"

매우 열받은 바쿠고가 뒤로 휙 돌아, 이즈쿠를 향해 폭발 베개를 집어던졌다.

"캇짱, 난 A반이야!"

"시끄러, 정신 사나워!!"

"우오오옷!"

포효하며 베개를 마구 집어던지는 시시다의 공격을 즐거운 듯 막아내면서 다크 섀도가 말했다.

"베개가 좀 더 많은 게 좋겠어!"

그렇게 말하며 다크 섀도는 이불 위에 놓여 있던 베개를 전부 투입했다. 이제는 사방팔방에서 베개가 난무하는 난장판이었다.

"다크 섀도, 너무 즐기는 것 아냐?"

토도로키의 지적에 토코야미가 다크 섀도를 질타했다.

"다크 섀도! 이건 놀이가 아니야, 사나이의 긍지가 걸려있다고."

"걸려있는 건 돼지고기잖아☆ …우픕?!"

다다미 한구석에서 홀로 조용히 휴식하고 있던 아오야마를 향해, 하얀 점액 같은 물체가 발사되었다. 그것을 발사한 것은 체격이 우람한 본도의 '개성' 세메다인이었다. 아오야마는 그 자세 그대로 굳어버렸다.

"그러니까 다들 작작 좀 하라고!! '개성'은 금지라고 했는데도 왜!!"

주의를 주다주다 못해 이이다의 목소리도 갈라지기 시작한 그때, 또 다시 남몰래 모노마가 돌아왔다.

"유쾌한 사태가 벌어졌네?"

B반은 바쿠고의 폭파 베개와 쇼지, 토코야미, 다크 섀도가 끊임없이 퍼붓는 공격에 고통받고 있었다. 츠부라바, 호네누키, 본도 등이 간신히 방어하며 방해하고 있지만, 공격의 결정타가 부족했다.

"젠장, 이러다간 지겠어…!"

분한 듯이 읊조리는 테츠테츠의 목소리에 아와세가 "오, 그래!"라며 뭔가를 떠올렸다. 그리고 A반이 공격해오는 틈틈이, 테츠테츠와 쇼다를 제외한 B반 멤버들에게 메시지를 전달했다. 전달받은 멤버들은 알았다는 듯이 아와세에게 살짝 고개를 끄덕였다.

그리고 필사적으로 캐치한 베개를 아와세에게 보냈다. A반이 그 사실을 깨달았을 때는 이미 베개가 전부 아와세의 수중에 모여 있었다.

"베개, 멈추지 마—!"

"시끄러—! 이것도 작전이야!"

아와세가 그렇게 반박한 순간, 전투하는 틈을 노려 어느 새 B반 진영의 뒤쪽으로' 이동해있던 모노마가 외쳤다.

"그 작전, 나도 콜!"

"모노마, 또?!"

깜짝 놀란 이즈쿠 일행을 바라보는 모노마의 눈이 빨갛게 빛났다.

"빨리! 지금이야!"

"따라쟁이 놈은 뒤로 빠져…, 엇?"

기이한 듯 바쿠고가 자신의 손을 바라보았다. 폭발이 일어나지 않은 것이다. 그 태도에 이변을 감지하고, 이즈쿠도 원 포 올을 발동시키려 했으나 그럴 수가 없었다.

"이건… 혹시 아이자와 선생님의 '개성'?!"

헉하고 놀란 이즈쿠에게 모노마가 눈을 부릅뜬 채 씨익 웃었다.

"그래, 아까 아이자와 선생님 옷에 붙어 있던 먼지를 뗄 때 우연히 만졌거든. 자, 아와세!"

"아, 알았어!"

그렇게 말하는 아와세의 손에는 이미 베개가 서로 달라붙어 하나로 뭉친, 거대한 베개가 들려 있었다. 아와세의 '개성'은 용접. 손으로 만진 물건들을 분자 레벨로 서로 붙여 놓을 수 있다. A반은 '개성'이 사라졌기 때문에, 토도로키가 얼음을 만들어 막을 수도 없었다. 손으로 미처 잡을 수도 없는 거대한 베개로 아웃시켜 버리겠다는 작전이다.

"간다앗―."

아와세 일행이 거대한 베개를 번쩍 들어올렸다. '개성' 사용을 막으려 했던 테츠테츠와 쇼다도, 그 크기에 놀라 황급히 가세했다.

"쩨쩨한 짓하지 마!"

"이기면 장땡이지! 지금이다, 던져!!"

모노마의 목소리에 B반이 힘을 합쳐서 거대한 베개를 집어 던진 그때, 장지문이 콰당탕 열렸다.

"이것들이 웬 소란…, 우풉!"

"으읍?!"

혼신의 힘을 다해 던져진 거대한 베개는 힘차게 날아갔다. 아니, 너무 많이 날아갔다.

그 거대한 베개의 직격을 받은 것은 A반 담임인 아이자와 선생님과 B반 담임인 블라드 킹 선생님이었다. 지나친 소란스러움과, 화장실 좀 가야겠다며 간간이 빠져나가는 모노마를 수상쩍게 여기고 찾아온 것이다.

조금 전까지 위세 좋게 난리치던 남자들의 낯빛이 순식간에 파랗게 질렸다.

"…뭣들 하는 거야, 너희들?!!"

근골이 우람한 블라드 킹의 노성에 B반 남자들은 움찔하고 몸이 경직되었다.

"정말 한심하구나!! '개성'을 사용한 대결이라니…! 너희는 임시 면허 취득을 위한 강화 합숙을 하려고 여기에 왔다는 사실을 잊은 거냐?! 이 멍청한 것들아!!!"

"죄, 죄송합니다, 선생님~!!"

열혈 블라드 선생님의 일갈에 B반 남자들은 울면서 사죄했다.

"…자유 시간은 맘대로 써도 된다고 했지만, 무슨 짓을 해도 괜찮다는 뜻은 아니었는데…? 체력이 아주 팽팽 남아도나 보지?"

"큭…!"

반면, A반은 아이자와 선생님의 뼛속까지 얼어붙는 음성에 찍소리도 못 하고 달달 떨었다. 진심으로 화가 난 듯한 선생님에겐 이제 무슨 말을 해도 소용없다는 사실을 알고 있었고, 무엇보다 공포에 질려 사죄조차 할 수 없었던 것이다.

학생들에게 담임은 거의 제2의 부모와 같은 존재다. 담임에게도 학생은 자식과 같은 존재. 각 반마다 교육방침의 차이는 있어도, 자식이 과한 장난을 치면 교육적 지도를 내리는 것이 부모의 의무다.

"그렇게 체력이 남아돈다면, 내일 트레이닝 메뉴는 너희만 두 배다. 그렇지? 블라드."

"암!"

"그, 그런 법이!"

오늘 분량도 간신히 버텨낸 트레이닝 메뉴가 더 늘어날 거라는 사실에, 자신도 모르게 목청을 높이는 학생들을 아이자와는 날카롭게 쏘아보았다.

"아직도 목소리가 나오는구나? 그럼 3배."

"읏…!"

남자들은 눈물과 함께 목소리도 꿀꺽 삼켰다. 더 이상 늘어나면 죽음이다. 그러나 아이자와의 교육적 지도는 계속되었다.

"분명 처음 시작은 내일 먹을 고기 때문이었지? 그렇게 싸움의 원흉이 될 만한 물건이 있어선 안 되겠군…. 고로 너희는 내일 고기 생략이다!"

"그런 법이!!"

"고기를 빼면 그냥 '감자조림'이잖아요?!"

"'감자'도 빼주랴?"

"큭!!"

이리하여 A반과 B반의 싸움은 강제적으로 막을 내렸다. 결과적으로는 양쪽 다 패한 셈이다.

남자들은 그곳에 지키고 싶은 것이 있는 한, 언제든지 진지하게 싸운다. 그것이 자존심이든, 고기든, 뭐가 됐든 간에 전심전력을 다해 뜨겁게 자신을 불태우는 것이다.

다만, 너무 뜨겁게 달아오른 나머지 길을 벗어났다는 사실도 모르고, 그대로 돌진해버리는 경우가 있다. 그때는 누군가가 혼을 내고, 응당 가야 될 길로 돌려보내줘야 한다.

남자들은 이렇게 혼이 나면서, 히어로로 가는 길을 일직선으로 달려가는 것이다.

Part. 6

연회가 끝난 후

이이다는 무언가가 팡 터지는 듯한 소리에 눈을 번쩍 떴다. 잠의 밑바닥에서 급부상한 의식은, 그것이 자신의 코에 달랑달랑 맺혀 있던 방울이 터진 소리라는 사실을 깨닫지 못했다. 흐릿하게 뜬 눈이 응시하고 있는 것은 어둠이었다. 아직 자신이 눈을 안 뜬 것 같은 기분이 들었으나, 자연스럽게 눈을 깜빡이다 보니 떠져있다는 사실을 알 수 있었다.

가까이서 들려오는, 누군가의 "드르렁—" 하는 코골이 소리에 이이다는 완전히 잠이 깼다.

평소 같으면 어중간한 시간에 잠이 깨는 일은 거의 없다. 규칙적인 시간에 잠들고, 규칙적으로 일어나기 때문이다. 규칙적인 생활은 자기 관리의 기본. 그리고 자기 관리는 자립을 향한 첫 걸음이다.

이이다는 자기 관리의 허술함에 눈살을 찌푸렸다. 수면 부족은 체력 부족으로 직결된다. 임간합숙이라는 단련의 장은 굳이 말할 필요도 없이 체력 승부다.

'—우선은 한숨 더 자자.'

그렇게 생각하며 이이다는 또 다시 눈을 감았다. 그런데.

"드르렁—…, 드르렁—…."

누가 코고는 소리지? 한 번 신경 쓰이기 시작하자, 자꾸 그 소리만 들렸다. 다소 시끄럽지만 어쩔 수 없는 일이다. 코를 골고 있는 본인도 고의로 골고 있는 것은 아니니까. 분명 피곤해서 저러는 것이겠지.

'확실히 오늘은 좀 피곤하지.'

시간상으로는 이미 어제지만, 불과 몇 시간 전 일이라 왠지 오늘이라는 느낌이다.

아침 5시 반부터 '개성'을 강화하는 훈련을 했다. 그리고 저녁식사로 자신들이 직접 카레를 만들어 먹었다. 식당에서 파는, 그런 경지까지는 못 갔지만 공복에는 완전 꿀맛이었다. 다들 거의 한 그릇씩 더 먹지 않았을까? 그리고 저녁식사 후에 고기 감자조림의 고기를 걸고 B반과 대결을 벌였을 때, 다들 '개성'을 사용하기 시작하는 바람에 큰 소동이 일어나 아이자와 선생님께 꾸지람을 듣고 말았다.

'내가 좀 더 제대로 행동했어야 했는데…!'

조용히 성내는 아이자와의 설교는, 또 다시 목욕탕을 엿보려 시도한 미네타 사건까지 더해져 취침 전까지 계속되었다. 그리고 미네타는 보나마나 여자들 방에 침입할 것이 뻔해, 이불로 멍석말이를 당했다. 그때, 미네타는 "최소한 밧줄로 해줘

~"라며 간청했으나, 당연히 받아들여지지 않았다.

"드르렁―…. 쿨…, 쿨…."

"……?"

갑자기 멈춘 코골이를 깨닫고, 이이다는 헉하고 숨을 삼켰다.

'혹시 수면 무호흡 증후군 아냐…?'

같은 반 친구에게 생명의 위험이 닥치면 큰일이라면서, 이이다는 벌떡 일어나 우선은 베개 맡에 놔둔 안경을 찾았다. 이것은 안경을 끼고 다니는 사람의 습성이다. 그러나 그곳을 아무리 더듬어 봐도, 그가 찾는 안경 케이스는 없었다.

"어?"

이이다는 당황했으나, 우선은 코골이의 주인부터 찾았다. 안경을 끼고 다니긴 하지만, 맨눈으로도 시력 0.8로 비교적 잘 보이는 편이라 그다지 큰 지장은 없었다. 그러나 모든 것이 명백하게 보인다면 무언가를 못 보고 지나칠 일도 적을 것이라며, 이이다는 평소에 안경을 끼고 다니는 것이다.

소리를 따라가 보니 주범은 대각선 맞은편에 있는 사토였다.

"사토―."

"큭…. 드르렁―…, 드르렁―…. 이젠 배불러…."

불규칙한 호흡은 아무래도 일시적인 것인 듯했다. 이이다는 휴우, 하고 안도했다.

'다행이다, 다행이야…. 이런이런, 잠버릇이 꽤 나쁘구나.'

사토는 이불을 걷어차버렸는지 아무것도 덮지 않은 채로 자고 있었다. 이이다는 눈을 부릅뜨고, 발밑에 아무렇게나 날아가 있는 이불을 사토에게 살며시 도로 덮어주었다. 제 아무리 여름이라 해도, 차게 자다가 배탈이라도 나면 큰일이니까.

"응?"

어둠 속이지만 광원이 전혀 없는 것은 아니었다. 장지문을 뚫고 외등의 불빛이 희미하게 들어오고 있었다. 조금씩 어둠에 익숙해지기 시작한 이이다의 눈에 들어온 것은 친구들의 험악한 잠버릇이었다. 얼추 훑어본 것만 해도, 이불 밖으로 삐져나온 사람이 꽤 여러 명 있었다. 그것만이라면 그나마 다행이다. 어쩌다가 그렇게 된 것인지, 자신도 모르게 물어보고 싶어지는 잠버릇을 가진 사람도 있었다.

"…정말이지, 여름 감기라도 걸리면 어쩌려고."

이이다는 기가 찬 듯 중얼거리며, 친구들의 이불을 다시 덮어주기로 했다. 이대로 놔뒀다간 신경 쓰여서 잠을 다시 청할 수 없을 것 같았기 때문이다.

게다가 약간의 요의도 느껴졌다. 다시 자기 전에 화장실에 다녀와야겠다. 안면을 취하려면 우선은 컨디션을 잘 조정해야 된다.

'하지만 그 전에 안경…, 안경부터….'

평소에 끼고 다니는 것이 없으면 마음이 편치 않다.

이이다는 또 다시 자신의 베개 맡을 뒤졌으나, 이불 밑에도 없었다.

'…도대체 어디에…. 아, 혹시…?'

친구들의 험악한 잠버릇에 이이다는 한 가지의 가능성을 떠올렸다. 안경 케이스와 함께 누군가가 걷어차서 멀리 보내버린 것일지도 모른다고.

'그렇다면 애들의 이불부터 다시 덮어주면서 안경을 찾아보자.'

용의주도한 이이다는 당연히 예비 안경도 여러 개 지참하고 왔다. 그러나 이 가혹한 훈련을 보면, 그 정도로도 불안하다. 게다가 무엇보다 기술자가 정성껏 만들어줬을 안경을 잃어버린다면, 얼마나 미안한 일인가.

"…오케이."

이이다는 그렇게 중얼거리고, 가장 먼저 사토 옆에 있는 코다에게 다시 이불을 덮어주었다. 평소에는 얌전한 코다도 오늘은 이불에서 반쯤 삐져나와 있었다. 그리고 코다와 사토의 이불 주위를 신중하게 찾아보았다. 만약 있다면 이 근처일 가

SMASH
MY HERO ACADEMIA
나의 히어로 아카데미아

능성이 높다. 그런데 아무리 찾아봐도 안경 케이스는 보이지 않았다.

이이다는 다음 순서로 자기 이불 옆에 있는 이즈쿠에게 다가갔다. 옆으로 돌아누워 쌕쌕거리는 고른 숨소리를 내고 있었으나, 이불은 하반신에만 덮여 있었다. 살며시 어깨까지 이불을 덮어주자, "음냐…"라면서 몸을 약간 뒤척였다. 그러나 일어날 기미는 보이지 않았고, 무슨 좋은 꿈이라도 꾸고 있는 것인지 "푸헷" 하고 웃었다. 그 어린애 같은 웃음소리에 이이다 역시 덩달아 만족스러운 미소가 흘러나왔다.

친구의 소중한 수면을 방해하지 않고 이불을 다시 덮어주는 행위가, 왠지 매우 유익한 미션처럼 여겨졌기 때문이다.

내일은, 정확히 말하자면 오늘이지만, 가혹한 훈련이 기다리고 있다. 열심히 노력하지 않으면 안 된다. 그렇다면 이렇게 친구들의 컨디션 관리를 해주는 것도 반장의 임무 중 하나다.

이이다는 또 다시 마음을 단단히 먹고, 이즈쿠를 깨우지 않도록 신중하게 이불 주위를 뒤졌다. 그러나 역시 안경 케이스는 보이지 않았다.

찾다보면 나올 거라 생각하며, 이이다는 이즈쿠 옆에 있는 토도로키의 이불로 향했다.

"?"

원래 토도로키의 머리가 있어야 할 자리에는 그의 발이 있었다. 즉, 어느 새 반대 방향으로 돌아누운 것이다.

'토도로키도 잠버릇이 험하다니, 의외인걸?'

그렇게 생각하면서 이이다는 고민했다. 원래의 방향으로 돌려놔야 하나, 아니면 이대로 놔둬야 하나. 하지만 움직였다간 깨버릴 것 같아 이불만 다시 덮어주던 그때, 토도로키가 나지막이 신음했다.

"윽…."

괴로워하는 듯한 목소리에 이이다는 걱정하며 살며시 다가갔다. 토도로키는 악몽이라도 꾸고 있는 것인지 얼굴을 사납게 찡그리고 있었다. 이마가 둔탁하게 빛나 보이는 것은 비지땀을 흘리고 있는 탓일지도 모른다.

몸이라도 안 좋은 거라면 차라리 깨우는 게 낫지 않을까. 이이다가 진지하게 고민하고 있을 때, 토도로키의 입에서 울화가 치미는 듯 잠꼬대가 쏟아졌다.

"…갈분떡이나 목에 확 걸려라…."

'…갈분떡?'

이이다는 모르고 있었다. 토도로키의 아버지인 엔데버가 좋아하는 음식이 갈분떡이라는 사실을.

'먹는 꿈을 꾸고 있는 거라면, 아마 괜찮겠지….'

그렇게 생각하며, 이이다는 다시 안경 케이스를 찾았다. 그러나 여기에도 보이지 않았다.

다음 자리로 가려고 일어선 이이다는 엎드린 자세로 무릎을 세우고 허리를 높이 치켜든 채, 수많은 베개에 머리를 파묻어서 자고 있는 사람을 난감한 듯 바라보았다.

'이러고도 용케 잠을 자는군…. 도대체 누구지?'

이이다는 살며시 베개를 치우기 시작했다. 그러자 밤눈으로도 쉽게 알아볼 수 있는 밝은 머리색깔이 보였다.

'난 또~, 카미나리였구나?'

이이다가 잠든 후에 보충 수업에서 돌아온 카미나리는 베개 싸움을 하고 싶다고 말했고, 지금 이 모습은 보충 수업파끼리 사일런트 베개 싸움을 벌인 끝의 참상이었다. 언뜻 보면 괴로워 보이는 잠버릇이었으나, 정작 본인은 별 문제없이 쌔근쌔근 잘만 자고 있다. 이이다는 그렇다면 역시 이불만 덮어줘야겠다고 생각한 후, 안경 케이스를 찾았다.

그러나 이이다는 미처 감지하지 못했다. 혹 이불 사이로 들어가 버린 것은 아닐까 싶어 손으로 더듬거리고 있는 그의 대각선 뒤쪽에서, 누군가가 팔을 번쩍 들어 올린 것을.

"이야압."

그 목소리에 뒤를 돌아본 이이다 눈에 들어온 것은 마치 나이프처럼 날카롭고 뾰족한 무언가였다.

"?!"

그것은 잠에 취해 팔을 경화시킨 키리시마였다. 키리시마의 경화된 팔은 베개에 푹 꽂혔다. 그것을 즉석에서 피한 이이다가 떼굴떼굴 구르다시피 도망쳐 들어간 곳은, 마찬가지로 호쾌한 잠버릇을 선보이고 있는 바쿠고의 이불이었다.

"휴우, 간발의 차이였어…."

키리시마는 카미나리의 옆에서 베개에 팔을 꽂은 채 쿨쿨 숨소리를 내기 시작했다. 이이다는 한숨을 내쉬고 키리시마에게 이불을 덮어주었다.

첫날에는 다들 미친 듯이 수면에 빠져 미처 몰랐는데, 다 같이 자다 보면 이런 일도 있다며 이이다는 묘하게 감탄했다. 그리고 배를 내놓고 자고 있는 바쿠고에게도 이불을 덮어주었다. 그리고 그의 발밑에서, 역시나 호쾌하게 이불을 벗어나 널브러져 있는 세로에게도 이불을 덮어주는데, 어디선가 펄럭펄럭 이불이 날아왔다. 불과 방금 전에 덮어준 바쿠고의 이불이었다. 아무래도 바쿠고에겐 더운 모양이다.

"그러다 배탈 나, 바쿠고."

그렇다면 최소한 배 위만이라도 덮자며, 이이다는 또 다시 이불을 덮어주었다. 그러자 바쿠고는 시끄럽다는 듯이 이불을 또 다시 걷어찼다. 자고 있어도 바쿠고는 바쿠고였다. 이이다는 다시 한번 덮어주었다. 그런 짓을 여러 번 되풀이하다 보니, 열이 올랐는지 바쿠고의 손에서 폭발이 일어났다.

"앗?"

그 순간, 눈부셔서 고개를 돌리던 이이다는 바쿠고의 맞은편에 있는 오지로와 그 옆의 쇼지 사이에서 안경 케이스인 듯한 물체를 본 것 같았다.

이이다는 바쿠고에게 이불을 덮어주길 포기하고, 바쿠고가 입고 있던 탱크톱을 살며시 끌어내려 배를 가려준 다음 안경 케이스 쪽으로 부리나케 갔다.

'분명 이 근방에….'

그런데 그것이 실수였다. 빨리 안경을 가져오려고 서두른 나머지, 이이다는 발밑에 대한 주의를 소홀히 해 갑자기 몸을 뒤척인 오지로의 꼬리를 힘껏 밟아버린 것이다. 이이다는 기묘한 탄력에 발을 붙들리고 화들짝 놀랐다.

"큭?"

꼬리는 오지로에게 제3의 손. 심지어 동물에겐 감정을 표현하거나, 동료에게 위험을 알리기도 하는 중요한 부위다. 그런 꼬리를 밟혔으니, 아무리 잠들어 있다 해도 반격에 나서는 것은 당연한 이치다. 오지로는 잠든 채로 마치 꼬리만 각성해 있는 것처럼 이이다를 휘리릭 붙잡더니, 그를 홱 집어던졌다.

"으악?!"

떨어진 곳은 옆에 있던 쇼지의 위. 이이다는 그 즉시 쇼지의 팔에 붙들려 조르기를 당했다.

"윽…?!"

때마침 쇼지는 빌런과 싸우는 꿈을 꾸고 있던 참이었다. 품속에 날아든 이이다를 빌런이라고 생각하며 조르기에 들어간 것이다.

"쇼…, 쇼지…!"

완력으론 그 누구에게도 지지 않는 쇼지에게 조르기를 당하며, 이이다는 생명의 위기와 밀려드는 요의를 느끼기 시작했다. 놔달라고 말하며 쇼지를 탁탁 두드렸지만, 쇼지가 꿈속의 빌런을 놔줄 리가 없었다. 더더욱 꽉 졸라맨다.

"크…!"

무슨 수를 내야겠다며 이이다는 몸부림쳤다. 그때, 괴로운 자세로 자고 있던 카미나리가 "이예~…"라고 잠꼬대를 하며, 이쪽으로 떼굴떼굴 굴러왔다. 이이다는 지푸라기라도 잡는 심정으로 카미나리의 발목을 힘껏 붙잡았다.

"우갸악?!"

화들짝 놀라 순간적으로 눈을 번쩍 뜬 카미나리가 방전했다.

그러자 그 빛과 소리에 쇼지가 움찔하며 반응했다. 이이다는 그 틈을 이용해 쇼지의 팔에서 빠져나오는 데에 성공했다.

"이예~…."

카미나리는 그렇게 말하고서 도로 잠 속에 빠져들었다. 아무튼 궁지에서 탈출했다고 이이다는 안도의 한숨을 토했으나, 또 다시 안경 케이스를 잃어버렸다는 사실을 깨달았다.

'도대체 어디에….'

그렇게 생각하면서도, 이이다는 다음 순서로 맨 가장자리에 있는 아오야마에게 이불을 덮어주기 위해 다가갔다. 아오야마의 잠버릇은 마치 그림 속의 포즈 같았다. 그리고 여기에도 안경 케이스는 보이지 않았다.

그 맞은편에 있는 토코야미는 미동조차 하지 않고 반듯하게 누워 있었다. 이이다는 그가 정말로 자고 있는지 궁금해서 다가가 확인했는데, 쌕쌕거리는 작은 숨소리가 들려왔다.

'토코야미는 잘 때도 번듯하구나!'

물론 이불도 헝클어져 있지 않았다. 이이다는 만족스러운 듯 고개를 끄덕이고, 옆에 있는 미네타를 쳐다보았다. 이불로 멍석말이를 당해서, 차게 자다가 배탈 날 일도 없을 것이다.

"좀 더…, 좀 더 가슴을 가져와아…!"

미네타의 잠꼬대에 이이다는 고개를 갸웃거렸다. 도대체 어떤 꿈을 꾸고 있는 것일까?

그러나 다음 순간, 이이다는 미네타의 머리에서 평소와 다른 형태를 발견했다. 미네타의 동글동글한 '개성'인 뚝뚝이 가운데에 딱 한 개, 작은 타원형 물체가 끼어 있었던 것이다.

"응? ……찾았다…!"

자신도 모르게 소리쳤다가 이이다는 황급히 입을 틀어막았다. 그리고 주위를 둘러보고 아무도 깨지 않았다는 사실을 확인한 뒤, 또 다시 미네타의 머리로 얼굴을 가까이 가져갔다.

그 타원형은 바로 안경 케이스였다. 어느 새 미네타의 뚝뚝이에 달라붙어버린 모양이다.

'이건 곤란하게 됐네….'

발견한 기쁨도 잠시, 이이다는 팔짱을 끼고 고민했다. 뚝뚝이는 한 번 달라붙으면 하루 동안은 떨어지지 않는 경우도 있다. 설령 달라붙은 것이 잠든 직후라 할지라도, 확실하게 수십 시간은 뗄 수 없을 것이다. 미네타의 머리에서 뽑아달라고 하면 끝날 일이지만, 자고 있는데 깨우는 건 피하고 싶고, 무엇보다 미네타를 밤에 자유롭게 풀어줄 수도 없는 노릇이다.

'그럼 안경만 꺼내가자.'

그렇게 생각한 이이다는 미네타의 머리와 마주보듯이 자세를 수그렸다. 달라붙어 있는 안경 케이스를 열고 안경만 꺼낼 생각이었다. 다행히 달라붙어 있는 것은 안경 케이스의 한쪽 면이라, 여는 것은 가능했다.

신중하게 손끝을 가까이 가져가는 이이다. 그런데 이때, 미네타가 몸을 뒤틀었다.

"가게에 진열되어 있는 가슴, 전부 꺼내오라고 했잖아~…."

무슨 소리를 하는 거야, 미네타. 유방이란 신체의 일부라서 단독으로 들고 올 수 있는 물건이 아니잖아? 가게에 유방만 진열해놓는다는 것은 아무리 꿈이라도 있을 수 없는 일이란다.

—이렇게 말하고 싶은 것을 이이다는 꾹 참으면서 손을 뒤로 뺐다.

만약 손가락이 달라붙어버리면 큰일이 벌어진다. 그랬다간 미네타를 깨우지 않을 수 없게 된다. 심지어 깨워서 뽑아달라고 해봤자, 미네타의 머리에선 떨어져 나오더라도 뚝뚝이는 여전히 손가락에 들러붙은 상태일 것이다. 이렇게 되면 화장실에 가든, 밥을 먹든, 여러모로 문제가 생기게 된다.

이이다는 일순 망설였다. 우선 이대로 화장실에 먼저 다녀올까? 그러나 냉철하게 생각해보면, 단지 안경 케이스만 열면 되는 작업이다.

'그래, 열기만 하면 돼….'

이이다는 자신을 조율하듯이 깊이 심호흡을 한 뒤, 안경 케이스를 향해 신중하게 손끝을 뻗었다. 마치 폭탄 처리반이 된 것 같은 기분이었다.

자꾸만 떨리려 하는 손끝이 조금만 더 가면 안경 케이스에 닿으려던 그 순간.

"…그러니까~, 전부 가져오라고 했잖아?! 온 세상의 가슴은 전부 다 내 거라고!"

이이다는 잠꼬대라고는 상상할 수 없을 만큼 또랑또랑한 외침에 움찔 놀라서, 자신도 모르게 뒷걸음질을 쳤다. 그 사이에 멍석말이된 미네타가 데굴데굴 구르기 시작했다.

"야. 도망치지 마, 내 가슴!"

아무래도 꿈속의 가슴을 쫓아가고 있는 모양이다.

"거, 거기 서!"

이이다도 황급히 이이다를 쫓아갔다. 미네타는 재주도 좋게 두 줄로 쫙 갈라져있는 이불 사이를 뚫고 굴러갔다. 그러나 그곳에는 키리시마가 있었다. 가슴을 쫓아가는 미네타가 멈출 리는 없었다.

"위험해…, 앗?!"

미네타는 키리시마와 충돌했다. 그 바람에 벌컥 열린 안경 케이스에서 안경이 튀어나왔다. 어렴풋한 어둠 속에서, 이이다의 머리 위로 포물선을 그리며 날아가는 안경이 마치 별똥별처럼 반짝하고 빛났다.

이이다는 절망했다. 이 높이에서 떨어지면 어딘가 망가져버릴지도 모른다. 무엇보다도 누군가의 위로 떨어지지 않기를. 만약 잘못 맞으면 다칠지도 모른다. 제발 이불 위로 떨어져다오—.

그렇게 바라면서 추락하는 안경을 쫓아갔다. '개성'인 엔진으로 전력질주를 하지 않는 것은 친구들을 깨우기 싫은 이이다의 양심 때문이었다.

찰나, 안경이 낙하. 그 밑에 있는 것은 토코야미다. 심지어 일직선으로 그의 얼굴을 향해 날아가고 있었다.

"토코야미—."

위험하다고 외치려던 이이다는 보았다.

공중에서 귀에 걸치는 안경의 다리 부분이 마치 날개를 펼치듯이 벌어지는 모습을. 밤의 어둠 속에서 춤추듯이 회전하며 떨어지는 모습을.

—착.

"……!"

이이다는 눈앞에서 벌어진 작은 기적에 감탄했다.

안경을 낀 토코야미가 그곳에 있었던 것이다. 물론 여전히 잠든 상태고, 깨어날 기미도 보이지 않는다.

"~~크윽!"

이이다는 몸부림을 쳤다. 기적이란 좀처럼 일어나지 않기 때문에 기적이라 부르는 것이다.그런 기적을 목격했으니 누군가와 이 마음을 나누고 싶었다.

그러나 이이다는 단념했다. 작은 기적을 낳은 안경이 지켜준 친구의 수면을 어떻게 반장인 자신이 방해할 수 있겠는가? 게다가 무엇보다 우선은 화장실에 가고 싶었다.

이이다는 아쉬운 듯 토코야미로부터 살며시 안경을 벗겨서 자기가 끼고, 방을 빠져나가기 전에 친구들의 모습을 확인한 다음 장지문을 닫고 서둘러 화장실로 향했다.

"휴우…."

용변을 보고 후련해진 이이다가 이번에야말로 다시 자야겠다며 방으로 돌아가던 중, 기묘한 소리에 발을 멈추었다. 쩔그럭쩔그럭, 귀에 거슬리는 소리였다.

거기에 이끌리듯, 이이다는 그 소리를 따라 어슴푸레한 복도를 걸어갔다. 얼마 후, 불빛이 새어나오는 문이 나왔다. 문에 '사무실'이라는 표시가 있었다.

“그나저나 참 재미있더라. 올해 1학년들.”

안에서 들려온 것은 만덜레이의 목소리였다. 그 사이에도 쩔그럭쩔그럭 하는 소리는 계속 나고 있었다.

이이다는 그 소리에 고개를 갸웃거리면서도, 내심 고맙다는 인사를 던졌다. 분명 늦은 시간까지 일을 하고 계신 것이다. 그러나 발길을 돌리려던 찰나, 다른 목소리가 들려왔다.

“…죄송합니다, 여러모로 폐를 끼쳐서.”

‘아이자와 선생님.’

담임교사의 고지식하고 느릿느릿한 목소리에 이이다는 자신도 모르게 발을 멈추었다.

A반과 B반의 내기, 그리고 미네타 사건으로 시설에 피해를 주고 말았다. 그 일로 인해 아이자와는 사과하고 있는 것이다.

‘내가 반장으로서 좀 더 제대로 행동했더라면…!’

이이다는 자신의 무능함에 입술을 꽉 깨물었다. 미네타의 품행에는 좀 더 경계의 눈빛을 번뜩였어야 했고, 내기도 좀 더 평화롭게 해결할 방법이 있었을 것이다.

‘선생님 혼자 사죄하게 만드는 것도 죄송한 일이지. 이럴 땐 나도 반장으로서 사죄를 올려야….’

그러나 이이다의 그런 결의를 비웃듯이 이번에는 픽시 밥의 유쾌한 목소리가 들려왔다.

"괜찮아, 고등학생이니 가끔은 활개도 치고 그래야지."

"그래도."

그렇게 말하는 목소리는 블라드 킹이었다.

"그 녀석들은 너무 심하게 활개를 쳤어. 임시 면허 취득 때까지 유유자적할 수도 없는 노릇인데. 담력 테스트도 있으니, 활개를 치려면 그때 치면 되잖아."

"워워—, 진정해. 원래 고등학생이란 날마다 그러고 싶은 시절이잖아. 가뜩이나 히어로과는 하루하루가 교과 과정으로 꽉 차있는데!"

"…그렇게 생각하는 놈은 애초부터 히어로과에 들어오질 않아요."

아이자와가 픽시 밥의 말에 그렇게 대답하자, 이이다는 나지막이 숨을 삼켰다.

'아까 우리가 그렇게나 민폐를 끼쳤는데, 이렇게까지 믿어주시는 건가…?'

유에이 고교는 엄격하다. 인정사정없이 높은 장벽을 준비해 놓고, 아주 쉽게 뛰어넘으라고 요구한다.

그러나 이이다는 알고 있었다. 그 엄격함은 애정이다. 아무리 높은 장벽이라도 뛰어넘을 수 있을 거라 믿어주고 있는 것이다.

자신들의 가능성을 믿어주는 사람이 이렇듯 곁에 있다. 그것은 참으로 든든한 일이었다.

"크…."

이이다는 울컥 치밀어 오르는 의욕에 크게 숨을 들이마시고 가슴을 활짝 폈다.

'우리가 할 수 있는 일은 그 신뢰에 보답하는 것. 그 기대를 능가하는 것. 즉…'

—플루스 울트라.

이이다는 고양된 몸으로 발길을 돌렸다. 노력하기 위해 우선시해야 하는 일은 선생님과 함께 사죄하는 일이 아니다. 오늘의 훈련을 조금이라도 내 것으로 만들기 위해, 필요한 체력을 확보하는 것이 최우선이다.

'…그런데 아까 그 소리는 도대체 뭐였을까…?'

불현듯 의문이 뇌리에 스쳤으나, 다시 아이자와의 말을 떠올리며 이이다는 의기양양하게 방으로 돌아가기 시작했다. 그래서 아이자와의 다음 말을 미처 듣지 못했다.

"—뭐, 그런 놈이 있다면 바로 제적 처분해 버리겠지만. …그리고 론. 멘핑만 남기고 뒷도라 두 개 올려서 만관."

그렇게 말하면서 아이자와는 마작패를 넘겼다. 그와 대전하고 있던 블라드 킹과 만덜레이, 그리고 픽시 밥이 소스라치게 놀란다.

"뒷도라 두 개?!"

합숙 심야, 사무실에서 선생님들이 열을 올리고 있던 것은 마작이었다. 합숙하는 날 밤, 학생들의 단골 행사가 베개 싸움이라면 선생님들의 단골 행사는 마작이다. 테이블 게임의 일종이지만 도박이란 이미지가 강해서, 차라리 이이다가 못 본 것이 잘 된 일일지도 모른다.

옆에서 지켜보고 있던 랙돌과 호랑이도 겨우 결판이 난 대결에 만족하며, 이런이런 하고 자리에서 일어났다.

"자, 이제 그만 파장합시다. 내일도 일찍 일어나야 하니까."

"그래."

만덜레이의 말에 블라드 킹도 피곤한 듯 고개를 끄덕였다.

"한 판만! 한 판만 더 하자!!"

"그게 벌써 몇 번째입니까?"

혼자서 끈덕지게 매달리는 픽시 밥에게 아이자와는 기가 찬 듯한 시선을 날렸다.

혼기를 신경 쓰는 픽시 밥에겐 기어이 이기고픈 이유가 있었다. 이기면 전원으로부터 좋은 남자를 소개받기로 내기한 것이다. 가장 벼르고 덤볐는데, 가장 시큰둥해하던 아이자와에게 벌써 두 번이나 졌다. 마작은 장기나 바둑과 비교해 운이 큰 비율을 차지하는 게임이다. 어쩌면 마작을 통해 신께서 픽시 밥의 혼기는 좀 더 나중이라고 고하고 계신 것인지도 모른다.

"그럼 내일도…. 아니, 이젠 오늘이로군요. 잘 부탁드립니다."

"그래, 바짝 쪼아주자고! 잘 자."

웃으며 살랑살랑 손을 흔드는 만덜레이와, 아쉬워하는 픽시 밥을 놀리듯 위로하는 랙돌과 호랑이에게 인사하고, 아이자와와 블라드 킹은 자신들이 묵고 있는 방으로 향했다.

"마작, 센데? 이레이저."

"그냥 보통이지."

마작으로부터 해방된 피로감을 안고 블라드 킹에게 그렇게 대답하면서, 아이자와는 복도에서 창밖을 내다보았다. 도시와 다른 농도 깊은 어둠이 펼쳐져 있고, 그만큼 별이 반짝여 보였다.

"그나저나 그 녀석들은 정말…."

아까 그 요란한 베개 싸움에 또 다시 분개하며, 콧김을 흥

내뿜는 블라드 킹.

"그만큼 오늘은 가차 없이 몰아붙이자고."

"그래…. 근데 말이야, 이레이저."

"응?"

"…그대로 갔다면 우리 B반이 이겼을 거야."

아이자와는 나지막이 새어 나온 블라드 킹의 말을 듣고, 그를 향해 시선을 돌렸다. 무심한 척 가장하고 있지만, 블라드 킹은 열혈남아로 학생들을 제 혈육처럼 대하는 교사다. 담임을 맡은 제자들이 귀엽지 않을 리가 없다. A반 대 B반의 대결이라면, 당연히 이겨주길 바랐을 것이다.

"…과연 그랬을까?"

내심 졸리고 귀찮았지만, 아이자와는 그렇게 대답했다. 솔직히 그냥 듣고 넘어갈 만큼, 이쪽도 애착이 없는 것은 아니기 때문이다.

그러자 블라드 킹은 약간 의외라는 듯한 표정을 지으며 아이자와를 쳐다보았다. 그리고 씨익 웃었다. 그 심히 불편한 시선을 받아 넘기며, 화제를 바꾸기 위해 아이자와가 말했다.

"아무튼 그 녀석들은 반드시 임시 면허를 따내야 해."

"당연하지. …그러고 보니 히어로 킬러, 많이 회복되었다면서?"

"그런 것 같더군."

히어로 킬러란 스테인이라는 이름의 사상범이다. 올마이트만을 진정한 히어로로 숭배하고, 자신이 부패한 것으로 간주한 다른 히어로들을 숙청이라는 명목으로 살해하고 다녔다. 프로 히어로인 이이다의 형도 비록 목숨은 건졌으나, 그에게 공격당해 크게 다쳤다. 형의 복수를 위해 찾아온 이이다, 그리고 그를 도와주러 달려온 이즈쿠랑 토도로키에 의해 스테인은 중상을 입고 수감된 것이다.

억압당하며 숨죽이고 있던 악의를 품은 자들이 스테인의 행동에 감화되기 시작했다.

빌런 연합이라는 절호의 수용처가 그들의 움직임을 조장하고 있다는 것만은 확실하다.

그리고 그 빌런 연합의 마수가 언제 또 다시 학생들에게 향할지 모르는 일이다. 그때, 최소한 자기 몸이라도 지킬 수 있는 방도가 필요하다.

"…아무 일도 없어야 될 텐데."

—휘오오오….

그때, 한 줄기 바람이 불어왔다.

마치 위협하듯이 스쳐 지나간 그것에, 아이자와는 머리 아래쪽을 누군가 스르륵 만진 듯한 기분이 들었다. 자신도 모르게 눈살을 찌푸리며 창밖을 바라보았으나, 그곳에는 어둠만이 펼쳐져 있을 뿐이었다.

어둠 속에 빛나는 별만이 조용히 다가오는 악의를 알고 있었다.

II MY HERO ACADEMIA 나의 히어로 아카데미아 유에이 백서

2017년 7월 30일 제1판 제1쇄 발행
2017년 8월 30일 제1판 제2쇄 발행

저자 | Kohei Horikoshi, Anri Yoshi
번역 | 오경화

발행인 | 이정식
편집인 | 최원영
편집팀장 | 김충영
편집담당 | 장혜경, 전송이, 신나라
표지 디자인 | Design Plus
라이츠사업팀 | 이은선, 박선희, 아오키 마리나
출판영업팀 | 안영배, 한성봉
제작담당 | 박석주

발행처 | (주)서울문화사
등록일 | 1988년 2월 16일
등록번호 | 2-484
주소 | 서울특별시 용산구 새창로 221-19
전화 | (02)799-9317(편집), (02)791-0757(마케팅)
FAX | (02)799-9334(편집)

인쇄처 | 코리아 피앤피

ISBN 978-89-263-6351-5
ISBN 978-89-263-6143-6 (세트)